생선 김동영

김동영이라는 이름보다 '생선'으로 더 많이 불린다. 중학교 때부터 신문 배달, 주방 보조, 자동차 정비 등 다양한 일을 전전했고 레이블 〈마스터플랜〉과 〈문라이즈〉에서 음반과 공연 기획, 뮤지션 델리스파이스와 이한철, 마이앤트메리, 더블유(W), 전자양, 재주소년, 스위트피의 매니지먼트를 담당했다. MBC와 KBS 라디오 〈이소라의 오후의 발견〉 〈최강희의 야간비행〉 〈K의 즐거운 사생활(김태훈의 시대음감)〉 등의 프로그램에서 작가로 활동했다. 그러면서 델리스파이스의 〈항상 엔진을 켜둘게〉를 비롯해 〈복고풍 로맨스〉 〈5월의 보이프렌드〉 〈부에노스아이레스〉 외 몇 곡의 노래를 공동 작사 하기도 했다.
지금까지 『너도 떠나보면 나를 알게 될 거야』 『나만 위로할 것』 『잘 지내라는 말도 없이』 『당신이라는 안정제』(공저) 『무엇이 되지 않더라도』 등을 썼다.

현재 창전동에서 고양이 '모리씨'와 개 '오로라'와 함께 누군가가 나타나길 기다리며, 동네 골목에서 재활용품을 분류하며 쓸모있는 삶에 대해 고민하며 지내고 있다.

천국이 내려오다

천국이 내려오다

1판 1쇄 발행 2019. 12. 2.
1판 2쇄 발행 2019. 12. 3.

지은이 김동영

발행인 고세규
편집 김민경 | 디자인 정윤수

발행처 김영사
등록 1979년 5월 17일(제406-2003-036호)
주소 경기도 파주시 문발로 197(문발동) 우편번호 10881
전화 마케팅부 031)955-3100, 편집부 031)955-3200 | 팩스 031)955-3111

값은 뒤표지에 있습니다.
ISBN 978-89-349-9974-4 03810

홈페이지 www.gimmyoung.com 블로그 blog.naver.com/gybook
페이스북 facebook.com/gybooks 이메일 bestbook@gimmyoung.com

좋은 독자가 좋은 책을 만듭니다.
김영사는 독자 여러분의 의견에 항상 귀 기울이고 있습니다.

이 도서의 국립중앙도서관 출판예정도서목록(CIP)은 서지정보유통지원시스템 홈페이지
(http://seoji.nl.go.kr)와 국가자료공동목록시스템(http://www.nl.go.kr/kolisnet)에서
이용하실 수 있습니다.(CIP제어번호 : CIP2019046430)

천국이 — 내려오다

김동영 지음

김영사

시작에 앞서

나는 천국에 갈 정도로 선량하지도,
희생적이지도,
사랑이 넘치지도 않지만,
천국은 그런 나에게 5월의 봄비처럼 마구 내렸다.

그 순간에
모든 것은 아름다웠고,
영감이 되었으며,
벅차도록 충만했다.
그리고 그 모든 건, 사랑이 되었다.

나는 여기에 내가 만난 천국에 대해 썼다.
이 글을 읽는 당신도 만나길 바라며 곳곳에 지도를 그려 뒀다.
내가 할 수 있는 건 다 했다.

이제 천국을 마주하는 건 당신의 몫이며,
당신의 진심에 달렸다.

부디, 우리에게 천국이 내려오길 바라며.

2019년
생선 김동영 씀

	시작에 앞서	4
1. 나는 다시 정화되었다	바라나시, 인도	10
2. 그해 봄, 너의 품에서 잠들 때	야세, 일본	20
3. 4,000개의 천국	시판돈, 라오스	26
4. 오데사의 상인	오데사, 우크라이나	34
5. 내 야생의 밤	시창, 중국	44
6. It's moon time	신촌, 대한민국	54
7. 바닷속 산책	보라카이, 필리핀	58
8. 누워만 있다가	우붓, 발리	66
9. 밤 바다에서 수영하기	퍼스, 호주	72
10. 우리도 저 고양이들처럼 예뻐 보였을까	마나베섬, 일본	78
11. 카페는 여전합니까	파리, 프랑스	88
12. 지금은 전설이 된 우리의 로마를 위하여	로마, 이탈리아	94
13. 에스프레소 한 잔만큼의 변화	포르투,포르투갈	106
14. 부드럽게 취한 밤	네르하, 스페인	112
15. 인생은 재즈, 재즈 그리고 로맨스	교토, 일본	120

차례

16. 늙은 공산주의자의 두 손	양수오, 중국	128
17. 영감이 장맛비처럼 내리던 날들	포틀랜드, 미국	132
18. 우린 춤을 춰야 해	코팡안, 태국	138
19. 엄마에게 안긴 것처럼	레이캬비크, 아이슬란드	144
20. 그들이 거기에 있었고, 그 다음은 나였다	뉴욕, 미국	150
21. 우리가 만난 곳	파리, 프랑스	158
22. 안개속에서만 보이는 것들	와이오밍, 미국	166
23. 그 책들은 천국에 있습니까	창전동, 대한민국	172
24. 광활한 우주로 향하는 소리	시베리아 횡단열차, 러시아	176
25. 얼어붙은 호수 위의 우리	올혼섬, 러시아	186
26. 고요의 숲으로	로바니에미, 핀란드	206
27. 설산을 넘으며	레, 인도	212
28. 비가 더 세게, 더 많이 내렸으면 좋겠어	포카라, 네팔	218
29. 바람이 시작되는 곳	좀솜, 네팔	226
30. 결국 내가 돌아가야 할 곳	시엠레아프, 캄보디아	232
31. 다시 돌아간 95번 국도에서	네바다, 미국	238
	끝나기 전에	246

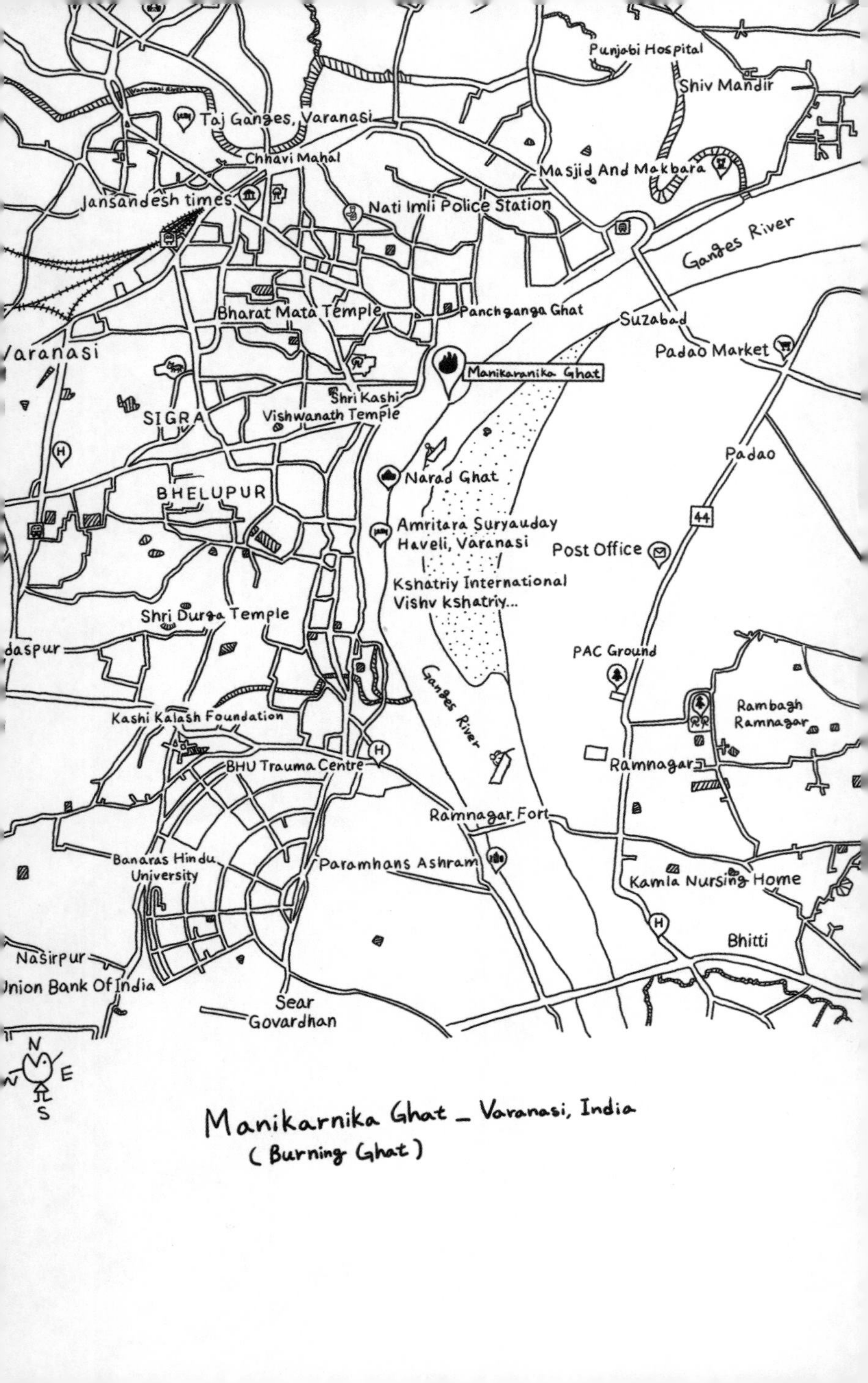

Manikarnika Ghat _ Varanasi, India
(Burning Ghat)

1

나는 다시 정화되었다

바라나시, 인도

바라나시Varanasi는 인도인들에게 특별하고 성스러운 도시다. 이 도시를 관통하는 갠지스강이 죽음 이후의 세계로 연결된다고 믿기 때문이다. 내가 이 도시에 오랫동안 머문 이유는 딱 한 가지, 정말 보고 싶은 게 있어서였다. 나는 이곳의 화장터가 보고 싶었다. 아니, 정확히 화장터에서 불타는 시체를 내 두 눈으로 확인하고 싶었다.

바라나시의 화장터 풍경은 우리가 알고 있는 모습과는 다르다. 장작을 피라미드처럼 쌓고 그 위에 죽은 자를 올려 불을 붙여 태운다. 이 모든 건 건물이나 그 어떤 칸막이도 없는 강가 바로 옆의 공터에서 이루어진다. 그곳에선 그 어디에서도 볼 수 없는 일상의 그늘에 가려진 것들을 볼 수 있다.

나는 그걸 보고 싶었다.

실제로 인간이 불로 태워지고 조각나 결국 분자가 되는 것을 내 두 눈으로 확인하고 싶었다. 그래야 내가 사는 이 세계의 모든 일을 현실로 받아들일 수 있을 것 같았다. 지금까지 엄마를 시작으로 아끼는 사람들의 죽음 후 그들이 어떻게 되는지 정확히 볼 수 없었기 때문이다. 그저 커튼이 쳐지고, 걷어지더니 갑자기 모두가 사라져버렸다. 마치 마술처럼 말이다. 난 그들의 죽음을 어떻게 받아들여야 할지 몰라 혼란스러웠다. 아무도, 그 어디에서도 죽음에 대해 가르쳐 주지 않았기 때문이다.

화장터에서 시체가 태워지는 건 실제로 엄청난 것이었다. 그 광경을 보면서 평소에 느끼지 못한 수많은 감정이 내 안에서 휘몰아쳤다. 그것은 놀라움과 '정말 저래도 되는 건가?' 하는 마음 그리고 '남겨진 가족들이 어떻게 저리 담담할까?'라는 궁금함이었다. 화장터에는 마치 길 잃은 영혼이 공중을 부유하는 듯한 짙은 연기와 딱히 표현할 방법이 없는 냄새가 자욱하게 깔려 있었다. 눈앞에서 사람의 피부가 타고 살과 장기 그리고 머리와 머리카락이 타는 광경은 너무 리얼해 오히려 비현실적이었다. 그 옆에서 아무 표정 없이 죽은 자를 대나무로 툭툭 내리치며 더 잘 타게 조각내는 일꾼과 그걸 무심히 바라보는 가족을 보면서 이들과 내가 아는 세상이 전혀 다른 곳인 것처럼 느껴졌다.

바라나시에 머무는 동안 매일 화장터에 가 몇 시간이고 그 광경을 지켜봤다. 처음에는 관광객인 나를 경계해 근처에 오지도 못하게 하던 사람들이 매일 같은 시간에 화장터 계단에 앉아 이 풍경을 보는 내가 유난스러워 보였는지, 언젠가 부터는 가벼운 눈인사를 건네며 먼저 아는 척을 해주었다. 그들은 시체를 태우다 쉬는 시간이 되면 내 옆으로 와 함께 담배와 짜이를 나누며 화장터에서 일어나는 이야기를 들려주었다.

이곳에는 25개가 넘는 화로가 계단 형식으로 놓여 있는데, 카스트 제도에 따라 제일 위쪽에는 계급이 높은 사람이, 아래로 내려갈수록 낮은 계급의 사람이 배치되어 화장된다고 했다. 인도에서는 사람이 죽으면 24시간 안에 화장을 해야 하는데 그건 그들이 믿고 따르는 힌두교 교리에 의한 것이며 사람들은 죽음을 '목샤'(해탈)라고 불렀다. 영원한 자유로 가는 관문은 죽음이며, 이생에서 사용한 육신은 그저 껍데기로 여긴다고 했다. 육신은 5원소인 물, 불, 공기, 에테르, 흙으로 이루어져 있고, 화장을 통해 그것들이 해체된 뒤 자연으로 돌아간다는 게 이들의 믿음이었다.

이런 문화는 영국 식민지 초기 서양인들의 눈에 야만적으로 보여 금지됐었다고 했다. 하지만 그들은 그 어느 때보다 강력하게 항의하며 투쟁했고, 결국 영국 정부는 바라나시 화장터를 공식적으로 인정하게 됐다고 했다. 그 옆에서 이야기를 듣던 나이 많은 인부 아저씨가 말을 더했다. 바라나시의 화장터는 여느 도시의 '그런' 화장터가 아니며, 화장을 하기 위해 '바라나시'라는 도시가 만들어진 것이라고 했다. 당시 영국인들로서는 절대 이해할 수 없는 모습이었다고 했다.

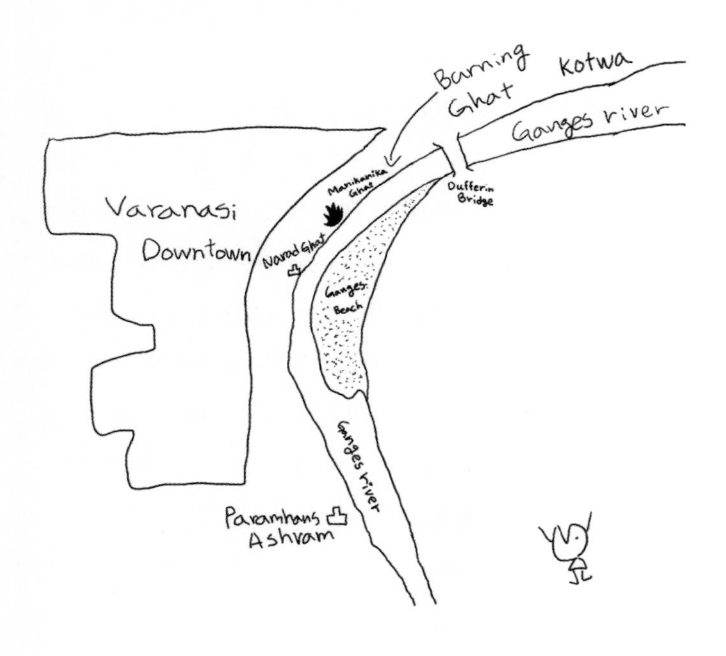

실제로 갠지스강 주변에는 아주 큰 건물들이 있었는데, 그 건물들은 오래전 인도 전역을 다스리던 영주들이 지은 집이라고 했다. 그들은 죽음이 가까워지면 강 주변 집에 머물며 죽음을 기다렸고, 그러면서 지금의 바라나시가 완성됐다고 했다. 지금까지도 죽음을 앞둔 사람들이 이곳으로 모여든다고 했다. 인도 사람들에게 있어 최고의 죽음은 갠지스강가에서 화장이 된 후 강에 뿌려지는 것이기 때문이다. 그래야 천국에 갈 수 있다고 했다. 그 이야기를 들을 때도 바로 옆에선 죽은 자들이 계속 활활 타오르고 있었다. 이곳에선 하루에 200여 구가 태워진다고 했다. 화장터의 불은 365일 하루도 꺼지지 않는다고 했다.

가끔 해가 질 때쯤이면 나룻배를 타고 강 건너편에 가서 화장터를 바라봤다. 우기 때는 강물이 넘쳤지만 물에 잠겼던 곳의 물이 빠지면 모래밭이 드러났다. 모래밭은 물에 쓸려온 각종 쓰레기들로 가득 차 있었다. 누구라도 치울 법하지만 어차피 우기가 시작되면 강물이 불어 모든 것이 하류로 쓸려 내려가기 때문에 애써 치울 필요가 없다고 뱃사공이 말했다.

그는 모래밭에서 뭔가 주워 내게 건넸다. 처음에는 돌인 줄 알

았는데 자세히 보니 뼈였다. 이 도시에 머물며 죽은 자들이 타는 걸 너무 많이 봐서일까? 보통 때라면 놀랄 일이었지만 아무렇지 않았다. 손에 든 뼈를 자세히 살펴봤다. 그 모습을 본 뱃사공은 너 이제 인도 사람 다 되었다며 중간중간 이가 빠진 입을 벌려 웃어 보였다. 이건 남자의 갈비뼈라고 했다. 내가 어떻게 알 수 있느냐고 물으니, 인도에서는 죽은 자가 남자일 경우 다 태운 뒤 갈비뼈를 던지고, 여자라면 골반뼈를 던지기 때문에 이건 분명히 남자라고 했다. 아직 내가 알 수 없는 것들이 세상에 많다는 생각이 들었다.

그러는 사이 바라나시 시내 쪽으로 해가 지기 시작했다. 세상의 모든 석양은 아름답지만 바라나시의 석양은 유난히 달라 보였다. 마치 한 생명이 저물어가는 것만 같은 진한 핏빛이었다.

그는 이제 슬슬 돌아가자며 재촉했다. 나는 손에 든 뼈를 다시 강으로 던졌다. 퐁당 소리를 내며 뼈는 다시 강으로 돌아갔다. 나는 뱃사공에게 어떤 천국에 가고 싶으냐고 물었다. 그들이 환생을 믿기에 다시 태어난다면 무엇으로 태어나고 싶은지 알고 싶었다. 그런데 그는 뜻밖의 이야기를 했다.

"천국에 가면 아무것도 아닌 거지…."

"천국에 가면 부자나 대단한 사람으로 다시 태어나는 거 아냐?"

그는 노를 저으며,

"우리의 천국은 다시 환생하지 않는 거야. 즉, 해탈하는 거지. 부자든 거지든 다시 태어나서 살아간다는 건 고통이 반복되는 거야. 천국은 무無로 돌아가 다시는 이 생을 반복하지 않는 거야."

이제까지 천국은 하늘에 있는 밝고 부드러운 빛이 가득한 곳이거나 다음 생에 좋은 신분으로 다시 태어나는 거라고 생각했는데, 아무것도 아닌 무로 돌아간다는 그의 말을 듣고 나는 안도했다. 내가 믿는 종교는 천국이 있다고 했지만 사실 나는, 죽으면 천국이든 지옥이든 그리고 환생이든 아무것도 되지 않았으면 좋겠다고 늘 생각했기 때문이다. 시체를 태우는 불씨처럼 붉게 퍼지는 노을을 등지고 선 그의 표정을 보았다. 내가 절대 지을 수 없는 가장 평온한 표정이었다.

배는 다시 내가 왔던 곳으로 돌아왔고 난 그에게 뱃삯을 좀 후하게 쳐줬다. 그는 그다지 고마워하지 않고 당연한 듯 돈을 받아 갔다. 사방은 이미 어두워졌지만 다시 화장터로 갔다. 여전히 죽은 자들이 활활 타고 있었다. 한쪽 공터에는 방금 도착한 죽은 자가 자신의 순서를 기다리고 있었다. 불길을 한참이나 바라봤다. 그건 아무리 봐도 질리지 않는 광경이었다.

이 도시에 오기 전에 죽음은 딴 세상의 이야기였다. 하지만 바라나시의 화장터에서 진짜 죽음을 목격했고 죽음을 어떻게 받아들여야 하는지도 조금 알 수 있었다. 그리고 다시 이곳에 돌아오고 싶다는 생각이 들었다.

다음 날 해가 뜨기 전에, 갠지스강으로 갔다. 강에는 사람들이 아침 목욕을 하고 기도를 드리고 있었다. 사람들은 성스러워 보였다. 하지만 바라나시에 오기 전 갠지스강에 대한 악명을 익히 들은 터였다. 강물이 입에 닿기만 해도 병에 걸려 오래 고생을 한다는 사람도 있었고, 피부가 강물에 닿으면 피부병에 걸린다는 등의 이야기였다. 강에 들어간다는 건 생각조차도 하지 않

았는데 문득 집으로 돌아가기 전에 인도인들이 신의 일부분으로 믿는 갠지스강에 몸을 담가보고 싶어졌다.

나는 옷을 벗고 강에 조심스레 몸을 담갔다. 그런 나의 모습을 보고 주변 사람들이 강물에 머리를 세 번 담가야 한다고 했다. 나는 그들이 시키는 대로 물에 머리를 세 번 담갔다 뺐다. 그들은 나의 모습을 보고 자신들이 믿는 신이 인정받은 기분이 들었는지 나를 둘러싸고 즐거워하며 축복해줬다. 강물은 부드러웠고 적당히 시원했다. 나는 한동안 그들과 수영을 했다. 그러다 강 밖으로 나오려는데 한 할머니가 다가와 주름진 손에 강물을

담아 내 머리에 세 번 흘려주었다. 할머니는 나지막한 기도도 빼놓지 않았다. 주변 사람들도 나에게 축복을 빌어주며 말했다.

"이제 너의 모든 죄가 씻겨 나갔어."

그렇게 나의 죄많은 영혼과 육신이 정화되었다.
인도의 바라나시 갠지스강에서 말이다.

그날 나는 천국의 강에 몸을 담갔다.

Yase _ Kyoto, Japan

2

그해 봄, 너의 품에서 잠들 때

야세, 일본

교토는 처음이 아니었다.

내 청춘의 전설로 남을 여자 친구와 머문 적이 있었다. 그녀는 나보다 세 살 위였고, 나라奈良 출신의 일본인이었다. 우리는 호주의 시드니에서 만났고, 1년 넘게 좋은 관계를 유지했다. 우린 두 달에 한 번 서울과 일본을 오가며 열렬히 좋아했지만 안타깝게도 그런 시간이 오래가지 못했다. 여느 커플이 그렇듯 시답지 않은 이유로 우리는 이별하게 되었다. 그로부터 10여 년이 지난 지금 이곳으로 돌아온 것이다.

나는 찬란했던 20대에 왔었던 교토에서의 추억을 기억해내길 바랐다. 그리고 그때와는 달라진 나 자신에게 화가 나있었다. 20대에 가졌던 열정과 흥분 그리고 꿈을 절대 변하지 않게 오랫동안 지켜낼 수 있을 것 같았는데 지금의 나는 그때 가졌던 것들을 거의 잊어버렸고 조금 비겁해져 있었다.

난 교토에서 그것들을 다시 기억하고, 되돌리고 싶었다. 하지만 정작 아무것도 느껴지지 않았다. 그리고 그때의 기억도 별로 나지 않았다. 기억을 되짚으며 그녀와 갔던 몇 개의 사원들과 카페 그리고 공원을 순례하듯 찾아가 봤지만 아무것도 남아있는 것이 없었다. 다만 이제 남이라 부를 수 있는 그녀와의 추억만이 무심히 떠올랐다. 그러다 마지막으로 야세八瀬에 가기 위해 야세히에이잔구치행 기차를 탔다.

야세는 교토 외곽의 히에이산 근처에 있는 마을로, 예전에는 놀이공원과 단풍으로 유명해 많은 사람이 찾았지만 지금은 여러 곳이 폐쇄되어 쇠락해가는 지역이었다. 그때 그녀와 내가 교토 주변의 많은 장소를 두고 이곳에 온 건, 내가 좋아하는 미국의 시인 '게리 스나이더'가 이곳에 대한 시를 썼기 때문이다. 우리는 한가한 오후에 거의 빈 열차를 타고 이곳에 왔다. 야세에 도착했을 때 산 전체가 단풍으로 빨갛게 물들어있었다. 그 풍경은 대단한 것이었다. 모든 것이 붉었다. 심지어 시냇물조차도 붉게 보였다. 우리는 오랫동안 걸었고 식당에서 소박한 점심을 먹었다. 그때 우리가 나눴던 대화들은 거의 기억나지 않지만 내가 단풍나무 아래의 벤치에서 그녀에게 스나이더의 시를 읽어준 기억이 났다.

야세에 도착했을 때, 그녀와 봤던 대단한 단풍은 없었다. 대신 여름이라 햇살조차 통과하지 못할 싱그러운 초록 잎들이 온 마을을 뒤덮고 있었다. 너무 오랜만에 와서인지 아니면 초록 잎들 때문인지, 이곳이 낯설게 느껴졌다. 역 주변을 걷다 그녀와 갔던 식당을 찾았지만 어디인지 기억이 나지 않았다.

한참을 헤매다 눈에 보이는 편의점에서 매실장아찌 삼각 김밥과 간사이풍 유리병 사이다를 사 마셨다. 끼니를 때우고 나니 졸리기도 하고 기대했던 것만큼 별 감흥이 없어 다시 교토로 돌아가고 싶어졌다. 하지만 애써 여기까지 찾아온 게 아까워 좀 더 시간을 보내기로 했다. 주변을 무작정 걷다 보니 졸음이 머리에 가득찼다. 당연히 주변 어디에도 잘 만한 곳은 없었다.

그렇게 한참을 걷다 산 입구 사찰 근처에 있는 나무 벤치에 누워 하늘을 반쯤 가리고 있는 초록 잎사귀를 보다 깜빡 잠이 들었다. 자는 내내 서늘함이 느껴져 몸을 움츠렸다. 바지 주머니에 두 손을 넣고 메고 온 배낭을 이불 대신 덮었다. 자는 동안 짧은 꿈을 꿨다. 전설이 되어버린 그녀가 살고 있다는 밴쿠버에 관한 꿈이었다. 내가 진심으로 원한다면 다시 그녀에게 돌아갈 수 있다고 꿈속에서 막연히 생각했던 거 같다. 그녀는 이제 다시 혼자가 되었으니까.

얼마나 잤을까? 잠에서 깨니 꿈인지 생각인지 모를 애매한 감정들이 사라지고 상쾌함이 느껴졌다. 몸과 머리가 가벼워져 주변을 둘러보니 이상하리만큼 낯설게 느껴지던 이곳이 그제야 익숙하게 느껴졌다. 짧은 낮잠으로 가벼워진 몸을 이리저리 움직이니 마치 우주정거장에 파견 나갔다 오랜 임무를 마치고 다시 지구로 돌아와 중력을 느낀 우주인처럼 몸이 어색했다. 하지만 그런 기분이 나쁘지 않았다.

이제 예전 기억에서 벗어나 가벼운 마음으로 살아갈 수 있을 것 같았다. 이대로 교토로 돌아가면 이 기분을 잊어버릴 것만 같아 오랫동안 그 자리에 앉아있었다. 야세의 보이지 않는 어떤 기운이 날 발가벗겨 구석구석 깨끗이 씻겨준 것 같았다.

야세에서 나는 그렇게 깨끗해졌다.

몇 년이 지난 지금, 한 여름날 서늘함에 떨며 잠들었던 그날의 야세를 생각하곤 한다.

살아가다 차서 넘칠 것 같은 추억과 잡념으로 질식할 것만 같을 때 나는 홀가분했던 야세를 떠올린다.

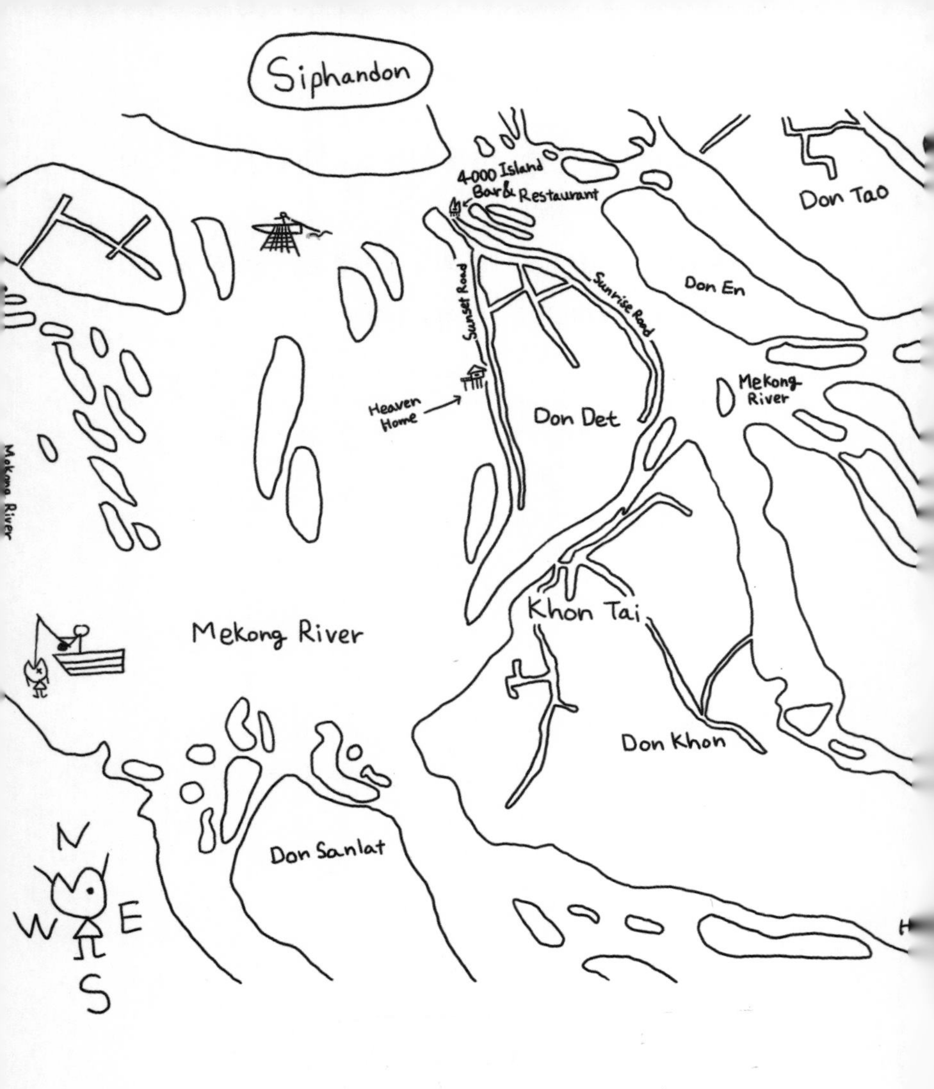

4000 Islands _ Siphandon, Laos

3

4,000개의 천국

시판돈, 라오스

다행히도 여기까지 찾아오는 사람들은 그리 많지 않았다.

다른 곳에 비해 관광객이 없는 건 멀기도 멀고 교통편도 불편하고 무엇보다 여기가 어떤 곳인지, 뭐가 있는지 확신할 수 없어서다. 이곳에 오려면 허리가 부러지는 고통과 엉덩이에 진물이 날 만큼 아주 오래 버스를 타야 한다. 그리고 버스에서 내리면 세상의 모든 혼돈으로 가득 찬 노천 시장에서, 시판돈으로 가는 트럭을 찾아 타야 한다. 운 좋게 트럭을 찾았다면 천장도 좌석도 의자도 없는 트럭 뒤칸에 앉아 흙먼지를 마시며 비포장 길을 한 시간 이상 또 달려야 한다. 겨우 달려 도착하면, 다시 한번 사기꾼들의 협잡을 피해 섬으로 들어 가는 보트를 찾아 타고 황토색 강을 20여 분정도 거슬러 올라 가야 한다. 그렇게 섬의 선착장에 도착하면 강에 몸을 반쯤 담그고 있는 물소 떼들과 사람이라면 무조건 공격하고 보는 쌈닭들, 개처럼 졸졸 따라다니는 오리들을 마주해야 한다.

'돈 뎃' 섬에는 오로지 두 개의 좁은 길만이 있다. 그 길이 얼마나 좁은지 한 사람이 겨우 지나갈 수 있을 정도다. 길의 이름은 'sunrise road'와 'sunset road'다. 말 그대로 일출을 볼 수 있는 지역으로 향하는 길과 석양을 볼 수 있는 지역으로 가는 길이다. 그때 나는 뭐든 상관없었다. 머리꼭지가 돌 만큼 지쳐 있어서 눈에 보이는 '선셋 로드'로 패잔병처럼 걸었다. 내 업보

처럼 무거운 가방과 지쳐버린 몸이 하나의 큰 덩어리처럼 느껴져서 쇠똥구리처럼 나를 굴리듯 걸었다. 섬 전체가 진흙 구덩이기에 걷기조차 쉽지 않았다. 머릿속으로 여기까지 온 날 스스로 저주했다. 사람들이 왜 여기까지 오지 않는지 100퍼센트 납득할 수 있었다.

강을 따라 대충 만들어진 판잣집 중 한 곳을 골라 방갈로 하나를 빌렸다. 하얀 페인트가 칠해진 곳인데 긴 시간에 페인트가 여기저기 뱀의 허물처럼 벗겨진 곳이었다. 이 섬에는 호텔이

나 하다못해 돌로 지어진 건물도 없어서 이것저것 잴 필요조차 없었다. 나는 주인이 소개해준 방갈로로 갔다. 천장은 쓸데없이 높았고 방은 너무할 정도로 허접했다. 가구라고는 하나도 없었고 나무 바닥에 깔린 매트리스가 그 안에 있는 전부였다. 지칠 대로 지쳐있는 나는 아무래도 좋았다. 이곳에 오는 동안 기대라는 게 아예 사라졌기 때문이다. 난 씻지도 않고 그대로 뻗었다.

일하는 아이가 나를 깨웠다. 얼마나 잤는지 알 수 없었다. 중간에 화장실도 가지 않고 먹지도 않았다. 겨우 밖으로 나오니 하늘이 붉게 물들고 있었다. 아이에게 얼마나 잤느냐고 물었지만 아이는 영어를 못 하는지 그저 웃기만 했다. 아이가 이끄는 대로 방갈로 옆에 있는 큰 집으로 갔다. 거기에는 아이의 삼촌이라는 사람이 날 반기며 "죽은 줄 알았어. 하도 안 일어나서…"라고 말했다. 그는 내가 이틀을 내리 잤다고 했다. 나는 그가 내온 음식을 먹었다. 허겁지겁 먹고 나니 그제야 정신을 차릴 수 있었다. 주변을 둘러보니 이미 해는 저물고 어두워져 있었다.

'돈 뎃'.

이게 이 섬의 이름이다. 그리고 4,000개의 섬은 이 지역의 이름이다. 메콩강 하구에 4,000개의 섬이 있다고 해서 지어진 이름이었다. 그중 사람이 사는 섬은 세 곳뿐이고 나머지 3,997개는 섬이라기보단 그냥 물 위에 튀어나온 돌덩이나 작은 흙더미였다. 내가 머무는 '돈 뎃'은 그중 제일 큰 섬이었다. 난 이곳에 5일의 여정으로 왔다가 3주를 머물렀다. 그렇다고 이곳에 특별히 할 게 있는 건 아니었다. 하다못해 불교사원이나 그 흔한 전망대 하나 없었다. 그저 강에서 물고기를 잡고 오리나 닭을 키워 생계를 유지하는 소박한 섬이었다.

나는 늦은 아침에 일어나 샤워 대신 3미터 위에 있는 방갈로에서 메콩강으로 뛰어들어 세수 겸 수영으로 하루를 시작했다. 젖은 몸을 닦지 않고 여기 온 이후로 교복처럼 입고 있는 늘어진 티셔츠와 반바지를 입고 큰 집으로 가 나처럼 기어이 여기까지 찾아온 여행자들과 아침을 먹었다. 그리고 종일 대나무로 만든 대청마루나 해먹에 누워 졸거나 시답지 않은 잡담을 주고받다 카드 게임을 하고, 그게 지겨워지면 우리는 다시 강으로 뛰어들었다. 아니면 강을 따라 지어진 마을을 돌아다니며 오리와 닭을 구경했다. 그리고 해가 저물 때쯤 다시 큰 집 발코니에 모여 해가 지는 걸 바라봤다. 지구의 마지막 날처럼 하늘이 붉게 타올랐다.

전기가 하루에 몇 시간밖에 들어오지 않는 이 섬은 밤이 되면 모두 어둠에 갇혀버렸다. 우리는 여기저기에 촛불을 켜고 그 아래 널브러져 서로의 이야기를 들려줬다. 이게 내가 돈 뎃에 머물면서 한 일의 전부였다. 단조롭고 지루한 시간이었지만 나도 그렇고 다른 사람들도 그곳을 떠날 생각을 하지 않았다. 모두 될 대로 되라는 식이었다. 우리가 세상에 불만이 있거나 증오하는 건 아니었지만 여기서 이런 식으로 시간을 보내는 게 마음에 들었다.

그러다 어느 날 밤 폭우가 내리기 시작했다. 하루에 한 차례 소나기가 내리기 때문에 이 비 역시 지나가는 비로 생각했다. 하지만 폭우는 며칠 동안 계속 내렸다. 빗방울이 정말 내 주먹만 했다. 어쩌다 비를 맞으면 아플 정도였다. 이렇게 비가 내리다 보니 강물은 불어났고 섬은 진흙 구덩이가 되었다. 각국에서 온 우리는 무섭도록 내리는 비를 바라봤다. 사실 그 풍경은 볼만했기 때문이다. 지금까지 그렇게 비가 미친 듯이 내리는 걸 본 적이 없어서 경이롭기까지 했다.

그렇게 비가 계속 내리던 밤, 잠을 자다 천둥소리에 잠이 깼다. '우쾅쾅' 무지막지한 천둥 소리였다. 순간 나무판자로 허접스럽게 만들어진 방갈로 천장에 번갯불이 새어 들어와 방을 밝혔다. 강물이 불어 상류에서 떠내려온 나무와 각종 부유물이 방갈로를 지지하고 있는 기둥과 부딪혔다. 그 충격이 생각 이상으로 크고 강해서 두려웠다. 과연 이 거지 같은 방갈로가 이렇게 내리는 비와 빠른 물살을 견딜 수 있을지 의심스러웠다. 누워서 혹시 일어날지 모를 일들에 대해 생각을 하고 있는데 다시 한번 기둥에 묵직한 뭔가가 부딪히며 '빡' 하고 심상치 않은 소리가 들렸다. 이대로 있다간 정말 그대로 무너져 내릴 거 같아 손에 잡히는 물건을 가방에 급하게 쓸어 담고 밖으로 나와 식당이 있는 큰 집으로 뛰어갔다.

촛불 한 개가 연약하게 그곳을 밝히고 있었다. 다른 사람들도 나와 같은 이유로 거기에 있었다. 우리는 촛불 주위에 둘러앉아 이러다 큰일나는 거 아니냐며 걱정을 했다. 우린 주인을 깨워 안전한 곳으로 대피해야 한다고 말했지만, 주인은 괜찮을 거라고 건성으로 대답하고 다시 잠을 자러 갔다. 도저히 그의 말을 믿을 수가 없어 여러 가지 상황을 예측하며 누가 누구를 챙기고 또 다른 누구는 끈을 준비하는 등 나름의 계획을 세웠다. 여전히 비는 멈출 생각을 하지 않았고 우리는 불안함에 떨었다. 이곳이 무너져 급류에 쓸려갈 거 같으면 언제라도 밖으로 잽싸게 피할 수 있게 가방을 껴안고 긴장한 채로 밤을 보냈다.

눈을 떴을 때 이른 새벽이었고 비는 더 이상 내리지 않았다. 손에는 어제 우리가 서로를 연결하던 줄이 들려 있었다. 다른 사람들은 잠들어 있었다. 주변을 둘러보니 방갈로는 괜찮아 보였다. 다른 여행객들을 깨웠다. 우리는 살아있음에 안도했다.

난간으로 가보니 강물은 여전히 불어있었지만 위협적이지는 않아 보였다. 주인이 나와 우리가 모여 앉아있는 걸 보고 왜 여기서 잤느냐고 물었다. 마치 간밤에 아무 일도 일어나지 않은 것같은 태평한 표정이었다. 그때 누군가 강 쪽을 가리켰다. 그곳에는 선명한 무지개가 떠있었다. 크레파스로 일곱가지 색을 그린 것처럼 명확하게 보였다. 그건 거대하지 않았지만, 강 가운데에 누가 그려놓은 것처럼 떠있었다. 모두가 난간으로 가서 더 자세히 무지개를 바라봤다. 어제의 그 난리와는 상관없다는

듯 비현실적으로 떠있는 무지개를 보고 그제야 우리는 웃을 수 있었다.

그 밤 나는 내가 정말 잘못되는 줄 알았다. 분명 큰일이 내게 닥칠 거로 생각했었다. 이제까지 경험하지 못했던 자연의 힘을 제대로 느꼈기 때문이다. 다행히 무사했고 안전했다. 다시 방갈로로 돌아와 매트리스에 누웠다. 천장에서 비가 샜는지 매트리스 여기저기가 젖어있었다. 나는 젖은 부분을 피해 누워 간밤 지붕 위로 떨어지던 빗소리와 번개의 번쩍임을 떠올렸다. 그리고 아침에 거짓말처럼 나타난 무지개도…. 나는 고요함 속에서 가끔 들려오는 주인집 닭의 울음소리를 들으며 내 안에 있던 긴장과 불안을 잊고 다시 눈을 감았다.

나는 그날 천국 같은 안락함을 느꼈다.
지옥과 천국은 바로 옆에 있었다.

BARENTS SEA
NORWEGIAN SEA
Murmansk
Rovaniemi
Arkangel
Gulf of Bothnia
FINLAND
NORWAY
SWEDEN
Oslo
Helsinki
St Petersburg
RUSSIA
Stockholm
Tallinn
ESTONIA
BALTIC SEA
Göteborg
Riga
LATVIA
Moscow
MARK
Copenhagen
LITHUANIA
Vi
Minsk
Hamburg
BELARUS
Berlin
Warsaw
ERMANY
POLAND
Kiev
Frankfurt
UKRAINE
Prague
CZECH REP
Rastovon Don
SLOVAKIA
Munich
Vienna
Bratisava
MOLDOVA
Budapest
AUSTRIA
HUNGARY
Odessa
ROMANIA
Ljubljana
SLOVENIA
Zagreb
CROATIA
Venice
Tbili
GEORGIA
BLACK SEA
Bucharest
BOSNIA-HERZEGOVINA
SERBIA AND MONTENEGRO
Sofia
ARME
ITALY
BULGARIA
ADRIATIC SEA
Skopje
Rome
ALBANIA
MACEDONIA
Istanbul
Ankara
Naples
ARDINIA
TURKEY
GREECE
Palermo
Athens
Halab
Antalya
SICILY
SYRIA
SEA
MALTA
CRETE
CYPRUS
LEBANON
Beirut
Damascus
IA
N
W
E
S

Odessa, UKRAINE

4

오데사의 상인

오데사, 우크라이나

그런 사람이 있다.

늘 재앙과 사건을 몰고 다니는 사람.

그게 바로 나다.

2004년 호주 최악의 더위,

2006년 태국 군부 쿠데타,

2007년 미국 한국 동포 버지니아 총기 사건,

2008년 일본 지진,

2009년 영국 북런던 폭동,

2010년 아이슬란드 화산 폭발,

2010년 라오스 남부 홍수,

2015년 파리 총기 테러,

2017년 미국 캘리포니아 대산불…

어쩌다 보니 난 그 중심에 있었다. 누군가는 여행 작가로서 여행지에서 이런 재앙이나 사건을 경험한다는 게 운이 좋은 거라고 말한다.

2016년 우크라이나 오데사에 갔을 때도 그랬다. 그 도시에 특별히 가고 싶었던 건 아니었다. 파리에 머물 때였는데, 비자 문제 때문에 한 번은 프랑스 밖으로 나갔다가 들어와야 했다. 어디로 갈까 생각하다 우연히 '오데사'라는 도시를 알게 됐고 그래

서 한번 가보기로 했다. 게다가 항공권도 매우 그리고 특별히 싸게 나왔기 때문에 이번이 아니면 앞으로 거기에 갈 일은 없을 거 같았기 때문이다.

지독한 유럽의 겨울이 거의 끝나가고 있었다. 오데사행 비행기는 거의 텅 비어있었다. 공항에 도착해 입국 심사를 받는데 공항 직원이 나에게 방문 목적을 물었다. 내가 "여행"이라고 말하자, 그는 날 이상하게 보며 이해할 수 없다는 표정을 지었다. 난 '겨울엔 여행객이 많이 찾지 않는 곳인가 보군'이라고 가볍

게 생각하곤 게이트를 빠져나왔다. 공항 밖으로 나오니 하늘은 잔뜩 흐렸고 도시는 거의 회색에 가까웠다. 다행히 눈은 내리지 않았지만 길을 따라 바람이 을씨년스럽게 불어왔다. 택시 창밖으로 보이는 도시의 풍경은 생기라고는 없어 보였다. 가끔 보이는 사람들의 표정도 암울해 보였다.

택시에서 내려 주변을 둘러보니 곳곳에 사람들이 몰려있었다. 뭔가 있나 해서 그 틈에 껴들었다. 그곳은 잡동사니를 파는 작은 가게였는데 사람들이 치열하게 두루마리 휴지나 주방 세제 그리고 시리얼 같은 걸 서로 사겠다고 난리였다. '사회주의 체제가 끝나고 독립한 지가 언젠데, 아직도 높은 인플레이션에 시달리고 있나?'라고 생각했다. 인파에서 빠져 주변을 둘러보니 다른 가게들도 마찬가지였다. 그 광경을 보니 주민 전체가 어디론가 떠나려는 것처럼 보였다. 호텔에는 여행객으로는 보이지 않는 숙박객들이 머물고 있었다. 그때까지 나는 아무것도 모르고 있었다. 왜 이런 상황이 벌어지는지 말이다. 단지 '우크라이나의 겨울은 원래 그런가' 하고 생각했다.

그날 밤 사이렌이 도시 전체에 미친 듯이 울렸다. 그 소리를 듣고서야, 나는 상황이 이상하게 돌아가고 있다는 걸 알아차렸다. 그 소리를 듣고 방에서 나오니 다른 방에 머물고 있던 사람들도 모두 1층 로비에 모여 뉴스를 보고 있었다. 화면엔 심상치 않은 장면들이 나왔고, 말은 알아들을 수 없었지만 뭔가 좋지 않은 일이 일어나고 있다는 걸 알 수 있었다. 좀 더 정확하게 알고 싶어 옆 사람에게 물으니 좀 전에 러시아가 우크라이나와 전쟁을 시작했다고 했다.

"… 전쟁?"

그동안 이런저런 재앙과 사건을 겪었지만 설마 전쟁까지 겪을 줄은 정말 몰랐다. 그나마 다행인 것이 러시아와 우크라이나의 무력 충돌이 일어난 곳이 이곳 오데사에서 몇백 킬로미터 떨어진 곳이라는 거였다. 그리고 이곳은 국경 지역과 멀리 떨어져 있어 포화나 무장한 러시아군이 밀고 내려오는 일은 없을 거라고 했다. 이미 몇 달 전부터 전쟁의 징후가 있었다고 했다. 다만 실제로 전쟁이 일어날 거라고 예상하지 않았고, 최근에 상황이 안 좋아져서 '설마 진짜 전쟁이 일어날까?'라고 생각만 했다고 했다. 난 그제야 비행기 안이 텅 비었던 것과 잡화점마다 치열하게 북적이던 사람들, 호텔에 묵는 사람들의 답답해 보이는 표정이 이해가 됐다. 하지만 가장 큰 문제는 내가 이 상황을 너무 늦게 알았다는 거였다.

다음 날 밖으로 나와 거리의 풍경을 살폈다. 거리엔 전쟁을 피해 피란 온 사람들로 북적였다. 여전히 가게 앞은 사람들로 난리였다. 전쟁의 포화 한가운데에 있었던 건 아니었지만 실제로 전쟁이 일어났다는 사실에 오데사는 엉망진창이었다. 사람들은 비장한 표정으로 길을 걸었고, 대부분의 레스토랑이나 카페는 문을 닫았다. 물론 은행과 현금지급기도 운영을 중지했다. 사람들은 앞으로 어떤 일이 일어날지 몰라 여기저기 모여 불안한 얼굴로 이야기를 나누고 있었다. 나는 공항에 가서 돌아가는 비행 편을 알아봤지만 당분간 공항도 폐쇄되어 오도 가도 못하는 신세가 되었다. 곧 비행기가 뜨기만을 기대하면서 기약 없이 이곳에 머물 수밖에 없었다.

국경 지역에는 화염이 치솟고, 전쟁 때문에 사회와 경제가 혼란 그 자체였다. 내가 여기서 할 수 있는 일이라고는 비행기가 뜰 수 있는지 하루에도 몇 번씩 확인하고, 불안으로 가득 찬 거리를 정처 없이 걷는 것뿐이었다. 이 상황에서 가장 큰 문제는 매일 치솟는 물가와 우크라이나 돈을 어디에서도 사용할 수 없다는 거였다. 그나마 다행히 이곳에 올 때 유로를 가져왔기에 어느 정도 생활을 할 수 있었다.

그러다 이내 사람들은 돈보다 온갖 잡동사니나 생필품을 가지고 나와 물건으로 서로 교환하기 시작했다. 모든 식당이 문을 닫아 직접 장을 봐서 식사를 해결해야 했다. 처음에는 가지고 온 유로로 식량을 샀지만, 이 사태가 얼마나 길어질 줄 모르기에 최대한 유로를 아껴야 했다. 처음에는 물물교환을 어떻게 해야 할지 몰라 바가지를 쓰거나 사기를 당하기 일쑤였다. 누구에게 화를 낼 수도 없었다. 그런데 자꾸 사기 당하는 내가 불쌍

했는지 호텔에 함께 머물고 있는 피란객들이 날 데리고 거리 시장에 나가 장을 보면서 어떻게 물물교환을 하는지 대략의 시세를 알려줬다. 예를 들어 인스턴트 라면은 휴지 1롤, 비누는 담

배 10개비, 감자 1킬로그램은 담배 한 갑 이런 식으로 나름대로 가격이 책정되어 있었다. 돈이 아닌 물건으로 지급하고 내가 필요한 물건으로 교환하는 것이 새로운 경험이라 흥미로웠다. 그중 담배는 가장 강력한 교환 수단 중 하나였다. 정말 다행이었던 건 오데사에 오기 전 면세점에서 그중 담배를 두 보루나 샀기 때문에 나름 나는 부자였다.

며칠이 지나자 나는 이제 물물거래에 완전히 적응하고 심지어 능숙해졌다. 언어가 100퍼센트 통하지는 않았지만, 흥정도 할 수 있었다. 뭔가 필요해지면 담배를 소중하게 싸서 코트 깊이 넣고 거리 시장으로 나갔다. 그리고 토마토도 사고 버터, 감자, 소금도 샀다.

전쟁이 일어나고 얼마 되지 않았지만, 도시의 주민들도 이

거래 방식에 모두가 적응해갔다. 돈을 주고받는 건 보기 힘들었고 대신 자신들이 가지고 있던 온갖 물건들을 가지고 와서 필요한 물건이나 식량으로 교환해 가는 게 일상이 되었다. 그곳에는 사치라는 건 존재하지 않았다. 많이 가진 자와 적게 가진 자의 차이도 없었다. 명품 가방이나 옷, 시계 같은 건 가치도 인기도 없었고 대신 생활하는 데 필요한 생필품들이 가장 가치가 있었다.

사람들은 꼭 필요한 것만 사고 아끼고 서로 나눠 썼다. 누구나 살기 어려웠지만, 서로를 도왔다. 그렇기에 모두가 친절했고 서로를 이해하려고 노력했다. 이제까지 살던 세계와는 완전히 다른 세상이었다.

이 도시에서 보름 넘게 머물다 하늘이 다시 열렸고 원래의 세계로 돌아올 수 있었다. 숙소에서 공항으로 갈 때는 비자금으로 아껴둔 마지막 담배를 지불하고 오토바이를 얻어 탈 수 있었다. 공항에 도착했을 때 기사에게 담배를 내밀며 고맙다고 했다.

그는 담배를 받자마자 내게 담배 한 개비를 건넸다. 오랜만에 피우는 제대로 된 담배였다. 담배는 전쟁 중인 우크라이나에서 가장 소중한 것이었기 때문에 아껴야 해서 피울 수가 없었다. 담배가 진짜 피우고 싶을 땐 바닥을 보면서 걸으며 꽁초를 주워 피웠다. 담배를 받아 든 손이 어색할 정도였다. 그는 담배에 불을 붙여주며 "너는 여행객인 거 같은데 괜한 일에 휘말렸네"라고 말했다. 나는 담배를 깊게 들이마시고 연기를 내뱉으며 "지독하지만은 않았어. 이 전쟁이 빨리 끝나길 바랄게"라고 말했다. 그는 전쟁이 오래가지 않을 것 같다고 했다. 우리는 말도 없이 맛있게 담배를 피웠다. 그리고 서로에게 행운을 빌며 작별 인사를 했다.

비행기가 하늘로 날아올랐다. 창밖으로 내려다보이는 흑해와 그 옆에 자리 잡은 오데사 시내를 보며 왠지 아쉬운 기분이 들었다. 물질적으로는 하루하루가 아슬아슬했지만 그 어느 때보다 마음만은 평온했었다. 아주 오래전 돈이라는 개념이 없던 시절, 그때의 사람들은 오데사에서 그랬던 것처럼 서로가 가진 것들을 교환했을 것이다. 여유는 없었고 모두 가난했겠지만 그래도 남들보다 더 많이 가져야 한다는 욕심도, 치열함도 덜했을 것이다. 그리고 지금처럼 세상이 복잡하지 않았을 것이다.

오데사에 머무는 동안 돈이라는 개념에 대해 잠시 잊고 미니멀 라이프를 실천할 수 있었다. 언제나 더 많은 걸 가지려고 애쓰고, 사용하지 않으면서 사 모으고 물질에 집착했던 욕심에서 강제적으로 벗어날 수 있었다. 꼭 필요한 것만 소유한다는 것이 얼마나 위대한 마음이고 그럼으로써 홀가분해진다는 게 어떤 건지 알게 되었다.

아주 잠시였지만 오데사에 머물며 느꼈던 홀가분한 마음을 다시 한번 느껴보고 싶다. 그게 쉬운 일이 아닌 건 알지만 말이다.

그곳에서 난 물질적 욕망에서 벗어나 홀가분한 천국 같은 시간을 보냈다.

Xichang _ China

5

내 야생의 밤

시창, 중국

산에서의 밤은 일찍 찾아온다.

그리고 밤은 5배속 타임 랩스 기법처럼 아주 빠르게 사방을 잠식한다. 길을 잃고 헤매다 산에서 까만 밤을 맞이하게 되었다. 사방을 분간할 수 없어 더 나아갈 수 없었다. 핸드폰 조명만으로 걷기에는 길이 험했고 마을까지 얼마나 가야 할지도 몰라서 어찌할 바를 모른 채 서성이고 있었다. 도움이 절실히 필요했지만, 그때 날 도와줄 사람은 이런 깊은 산속에 없었기에 어떻게든 혼자서 이 상황을 해결해야 했다.

중국 중부에 있는 산세가 험하지만 아름다운 시창의 산, 그 산 중턱의 마을에서 며칠을 머물다 동네 사람들의 권유로 근처에 있다는 다른 고산족 마을로 출발한 게 아침 11시쯤이었다.

주민들 말에 따르면 산속으로 난 이 길만 따라 대여섯 시간 정도 걸으면 그 마을에 도착했어야 했다. 하지만 사방이 어두워진 지금까지 마을도, 인적도 볼 수 없었다.

처음에는 아무 의심 없이 산책하듯 가볍게 길을 따라 걸었지만 6시간이 지나고 나서부터는 '내가 길을 잃은 게 아닐까?'라

는 의심이 들었다. 하지만 돌아가기에는 너무 많이 와버려서 차라리 계속 가는 게 다시 되돌아가는 것보다 더 효율적이라 생각이 들었다. 그렇게 걷다 보니 밤이 되어버렸고, 어딘지 모를 산 한가운데서 조난을 당했다.

혼자 하는 산행이지만 멀지 않다는 이야기를 듣고 따로 음식을 준비하거나 옷가지도 챙기지 않았다. 그저 늘 가지고 다니는 작은 카메라 가방이 내가 가진 전부였다. 가방 안에는 카메라와 노트, 담배와 라이터 그리고 생수 한 통이 전부였다. 점점 시간이 갈수록 지쳐왔고, 마음은 조급해져만 갔다. 그리고 낮에는

들리지 않던 풀벌레 소리, 먼 곳에서 들리는 물소리, 바람이 불 때마다 잎사귀들과 나뭇가지들이 스치는 음산한 소리 그리고 가까운 곳에서 들리는 듯한 야생동물의 울음소리가 어둠 속에서 긴박하게 날 포위해왔다. 핸드폰 빛을 조명 삼아 걸음을 재촉하며 혹시 있을지 모르는 민가의 불빛을 간절히 찾아 헤맸다.

하지만 그 어디에서도 인적은 찾을 수 없었다. 조난 같은 건 아마존이나 히말라야 같은 곳에서나 당하는 거라고 생각했기에 중국에서 당할 거라고는 상상도 하지 못했다. 산을 우습게 보고 별다른 준비도 없이 혼자 산에 들어온 것을 자책했다. 하지만 이제 와 후회해봐야 아무런 소용이 없었다. 이제라도 어떻게 해서든 마을로 돌아가든지 아니면 하룻밤을 안전하게 머물 곳을 찾든지 결정해야 했다.

9시간 이상 걸었으니 돌아가는 데도 그만큼의 시간이 걸릴 텐데 그러기에는 난 너무 지쳐 있었고, 아무런 준비 없이 밤의 산을 걷는 건 위험한 일이라는 걸 누가 말해주지 않아도 알 수 있었다. 내가 선택할 수 있는 건 이 산속 어딘가에서 밤을 보내는 것이었다. 하지만 어디서 밤을 보내야 할지 알 수 없었다. 그동안 배운 교육에서는 깊은 산에서 조난당해 홀로 밤을 지내는 법을 알려준 적이 없었기에 막막하기만 했다. 그저 어떻게든 안전한 곳을 찾아야 했다.

그런 고민을 하다 10여 분 전 지나온 작은 움막을 기억해냈다. 그건 내가 따라 걷던 길의 한구석에 있었다. 다시 그곳으로 돌아갔다. 다행히 멀지 않은 곳에 그 움막이 있었다. 나무와 진흙으로 만들어진 움막이었다. 허리 높이 정도로 돌덩이를 쌓고 진흙으로 돌 사이를 메워 만든 벽이 있었고 지붕은 짚단과 나무로 엉성하게 만들어져 있었다. 안으로 들어가 보니 누군가 불을 피운 흔적도 있었다. 더는 선택의 여지가 없어 나는 그곳에서 밤을 보내기로 했다. 사실 안에 들어가는 것이 꺼림칙해서 밖에서 밤을 보내려 했지만 어둠 속에서 들리는 야생동물의 울음소리가 무서워 어쩔 수 없이 안으로 들어갔다. 그나마 다행인 건 여름이라서 춥지 않다는 것이었다.

얼마 남지 않은 생수를 아껴 마셨다. 갈증은 났지만 긴장해서 그런지 배는 고프지 않았다. 움막 한구석에 자리를 잡고 핸드폰 조명을 껐다. 무슨 일이 일어날지 모르기에 배터리를 아껴야 했다. 빛이 사라지니 주변이 온통 까만 암흑으로 묻혔다. 한참을 멍하니

앉아있었다. 피곤함이 몸 전체에 바이러스처럼 퍼졌지만 잠들 수 없었다. 잠을 자면 무슨 일이 일어날 것만 같았기 때문이다. 그때 근처 숲에서 뭔가 움직이는 소리가 났다. 그리고 들리는 동물의 거친 숨소리.

나는 그 소리에 당황했다. 이곳이 한국이었다면 야생동물에 대해 걱정하지 않았을 테지만 여기는 중국의 깊은 산속이었다. 무슨 일이 일어나도 이상하지 않은 곳이라는 생각이 들어 두려움이 몰려왔다. 그 야생의 소리가 점점 가까워지자, 무기가 될 만한 뭔가를 찾아 주변을 둘러봤지만 아무것도 없었다. 영화라면 우연처럼 거기에 무엇이라도 있었을 텐데, 현실은 그렇지 않았다.

소리가 나는 숲을 향해 핸드폰 조명을 켰다. 풀 속에서 또렷하게 반짝이는 눈동자가 보였다. 그것의 정체가 뭔지 모르겠지만 핸드폰 빛에 반사되어 빛나는 눈을 보니 나랑 놀아달라고 다가오는 건 아닌 거 같았다. 갑자기 켜진 불빛에 정체를 알 수 없는 그것은 놀란 거 같았다. 나는 크게 소리를 질렀다. 그 소리에 놀랐는지 그건 빠르게 숲속으로 달아났다. 긴장과 공포에 온몸이 땀으로 젖었다.

깊은 호흡으로 주체할 수 없이 떨리는 마음을 진정시키고, 본능처럼 불을 피워야겠다는 생각을 했다. 야생동물이 불을 무서워한다는 걸 어디선가 들은 기억이 났다. 주변에 떨어져있는 나

뭇가지와 마른풀을 모아서 움막 입구 앞에 불을 피웠다. 그 와중에 내가 흡연자라는 게 다행이라는 생각이 들었다. 만약 담배를 피우지 않았다면 당연히 라이터도 없었을 테고 그러면 불을 피우지 못해 야생의 것들에게 공격을 받아 무슨 일을 당했을지도 모를 일이었다. 모닥불을 피우니 그제야 사방이 밝아졌다. 무엇보다 불이 타오르는 걸 보니 마음도 서서히 안정되었다. 시계를 보니 벌써 11시가 넘어 가고 있었다. 그렇게 나는 알 수 없는 산속에서 혼자 밤을 보냈다.

그날 밤 나는 낯선 곳에서의 쓸쓸한 죽음, 한국에 계신 엄마, 카뮈의 《이방인》의 주인공 뫼르소가 처형당하기 전 자포자기하는 심정으로 감옥에서 보낸 마지막 밤과 온갖 조난 영화의 비극적 결말들 그리고 이 밤을 무사히 지내고 다시 마을로 돌아가면 가장 먼저 하고 싶은 일에 대해 생각했다. 그중 제일은 시원한 콜라 한 잔이었다. 한 모금만 마셔도 기운을 되찾아 이 위기를 담담하게 받아들일 수 있을 것만 같았다. 그러다 깜빡 잠이 들었던 거 같다.

눈을 떴을 때 어둠은 희미해지고 대신 파란 공기가 어둠을 밀어내고 있었다. 울창한 나무 위에 짙은 안개가 걸려있었다. 그리고 하늘에는 새벽 별이 반짝이고 있었다. 산에서 맞이한 새벽이라 그런지 온몸에 한기가 스며들었고 습기가 몸에 맺혔다. 간밤에 피워둔 불은 불씨만 남아있었다. 밤새 쪼그리고 앉아있던 몸을 서서히 움직였다. 뼈 마디마디가 뻑뻑하게 움직이더니 뿌드득 소리가 났다.

해가 뜨려면 얼마나 걸릴지 몰랐지만 아찔했던 내 야생의 밤이 이제 끝나간다는 게 느껴졌다. 날이 점점 밝아올수록 밤새 불안했던 마음과 긴장한 육체가 여유를 찾아갔다. 아직 남아있는 불씨를 꼼꼼하게 끄고 내 앞으로 난 길과 그 반대편으로 난 길을 번갈아 봤다. 앞으로 계속 간다면 내가 가려 했던 고산족 마을에 갈 수 있을지 모른다. 하지만 이거면 충분하다는 생각이 들었다.

원래 출발했던 마을로 발걸음을 돌렸다. 다시 돌아간다고 생각하니 몸이 가벼웠다. 이제 야생동물에 대한 공포도 그리고 낯선 곳에서 맞이하는 밤에 대한 원초적 두려움도 사라졌다. 돌아가는 발걸음은 가벼웠고 새벽 산에서 불어오는 바람은 시원했다. 그리고 무엇보다 내가 여전히 무사하고 두려웠던 밤을 혼자 버텨낸 게 대견했다. 하룻밤이었지만 어제의 나보다 좀 더 담대해진 걸 느낄 수 있었다.

산을 내려가는 내내 두려움에 불을 피우고 온갖 생각을 했던 지난 밤이 자꾸 떠올랐다. 사실 지독한 경험은 아니었다. 오히려 그렇게 철저하게 고립되어 다른 때보다 더 명확하게 혼자만의 시간을 보냈다는 게 지나고 보니 좋았다. 오히려 그걸 더 즐기지 못한 게 아쉬웠다. 살면서 그런 시간을 가질 수 있었던 게 어쩌면 저 위 누군가의 배려인지 모른다고 생각했다. 물론 다치지 않고 무사히 해피엔딩으로 끝나서 이런 이야기를 할 수 있긴 하지만 말이다.

그날 밤 난 하마터면 진짜 천국에 갈 뻔했다.

카페베네
연세로1길
대화약국
스타벅스
할리스
세븐일레븐
바람산어린이공원
연세로7안길
롯데리아
청주여관
버거킹
창천근린공
명물1길
스타벅스
연세로7길
피자헛
It's Moon Time
피오나호텔
렉시호텔
CGV 신촌아트레
미스터피자
스타벅스
호텔야자 신촌점
대백화점
GS25
CU
신촌역
우리은행
창천초등학교
그랜드마트
창천중학교
세븐일레븐
동방예술극장
N
W
E
S
신촌, 대한민국

6

It's moon time

신촌, 대한민국

그해 여름의 태양은 끓어오르는 주전자처럼 뜨거웠다.

그러나 우리 집에는 빈틈없이 비추는 한낮의 햇살이 들어오지 않았다. 집 안은 언제나 그늘져 있었고 서늘한 공기로 가득 차있었다. 어머니가 아프시고부터 계절과 상관없이 생기라고는 없었다. 엄마의 병이 더 진행될수록 그늘과 서늘한 공기는 점점 짙어져 갔다. 말하지 않았지만 우리는 알고 있었다. 그 어둠과 서늘함의 정체를 말이다. 그것은 서서히 다가오는 죽음의 징후였다. 하지만 아무도 그것에 대해 말하는 사람은 없었다. '죽음'이라는 단어를 입에 담는 순간 그게 곧바로 현실이 될까 두려워 모두 입을 다물었다. 대신 스스로를 위로하듯 '다음에'나 '엄마가 나으면'이라는 기약 없는 말만 했다.

엄마의 마지막 그 여름, 나도 공황장애와 우울증으로 상태가 좋지 않았다. 마음에 담긴 불안은 내 몸 안에 가득 찼고 내 주변까지 넘쳐흘렀다. 앉아있거나 서있지 못할 정도로 아찔했다. 나는 비틀거렸다. 하지만 내가 아프다는 걸 엄마나 다른 가족에게 말할 수 없었다. 아니 알리고 싶지 않았다. 아픈 사람은 엄마 하나로 충분했기 때문이다. 애써 괜찮은 척하며 더 열을 내 집안일을 하고 엄마의 병간호를 했다. 그러나 세상에 모든 걸 알고 있는 건 산타클로스만이 아니었다. 아픈 엄마는 내 상태가 좋지 않다는 걸 알고 계셨다. 하지만 나는 괜찮다고 끝까지 우겼다.

엄마는 내가 공황장애와 우울증으로 고생하는 걸 모두 자신의 탓으로 돌리셨다. 자신도 가지고 있던 것이었기에 그걸 유전이라고 생각하셨다. 그럴수록 더 밝은 척, 아프지 않은 척을 해야 했다. 그래야 엄마의 슬픔과 죄책감을 덜어드릴 수 있다고 생각했다. 나의 상태가 너무 좋지 않아 식구들이 알아차릴 것 같은 날이면, 잠시 일 좀 보고 오겠다고 말하고 죽음이 머물고 있는 집에서 도망쳤다. 어디라도 마음 편하게 누워있고 싶었고, 아픈 엄마가 없는 곳에서 잠시라도 혼자 있고 싶었다. 하지만 마땅히 갈 곳이 없었다. 그러다 생각해낸 게 모텔이었다. 가서 방을 빌리고 커튼으로 창문을 가렸다. 그리고 누군가는 사랑을 나눴을 침대에 곧장 내 몸을 파묻었다. 그곳에는 평화가 있었다. 그곳에는 고통에 찬 표정을 한 엄마가 없었고, 가라앉은 가족들의 무거운 마음이 없었다. 그리고 무엇보다 내 불안도 거기까지 나를 찾아올 수 없었다.

몇 번을 더 셸터 같은 곳으로 도망쳤다. 나는 오로지 그곳에서만 안도할 수 있었고 불안한 날 진정시킬 수 있었다. 그 공간을 찾아갈 때마다 내가 죄스럽고 이기적이라고 생각했지만, 그렇게라도 하지 않으면 내가 견뎌낼 수 없을 거라고 스스로를 설득했다.

그해 여름이 끝나고 가을이 왔을 때, 엄마는 돌아가셨고 그 뒤로 나는 다시는 그 모텔에 가지 않았다. 하지만 살다 내가 감당할 수 없는 일이 생기면 나도 모르게 그 모텔방을 떠올린다. 아무도 날 찾을 수 없었던 그곳을 말이다.

오로지 나만 생각하고 세상으로부터 숨을 수 있었던 그곳은 내게 천국이었다.

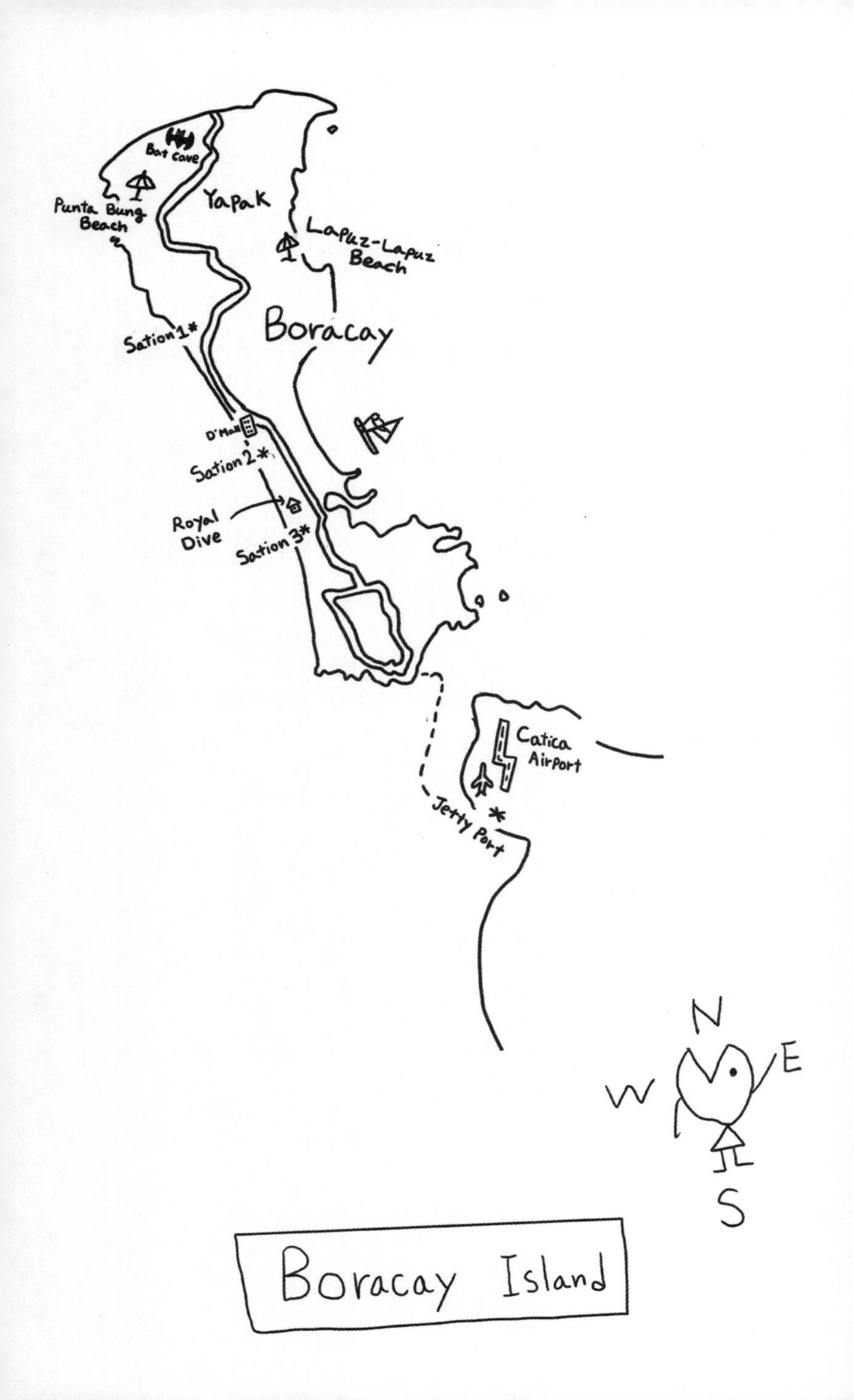
Bat Cave
Punta Bung Beach
Yapak
Lapuz-Lapuz Beach
Boracay
Sation 1*
D'Mall
Sation 2*
Royal Dive
Sation 3*
Catica Airport
Jetty Port
N
E
W
S
Boracay Island

7

바닷속 산책

보라카이, 필리핀

내가 가장 무서워하는 건 눈에 보이지 않는 공간이다.

그중에 제일 두려운 건 뭐가 있을지 모르는 바닷속이다. 어두운 물속에 뭐가 있을지 알 수 없고, 깊이와 넓이도 가늠할 수 없는 바다는 나에게 언제나 공포의 대상이었다. 사람들은 탁 트인 바다를 보고 있으면 마음이 편안해진다고 하는데 나는 바다의 광활한 크기에 압도되어 보고만 있어도 마음이 불안해지고 불편해진다. 그리고 그 바닥이 보이지 않는 바닷속 어딘가 있을 상어 때문에 더욱 무서웠다.

재작년, 영상 하나를 보게 됐다. 태평양 한가운데 작은 섬에 사는 해양 민족을 다룬 다큐멘터리였다. 그 부족은 낚시를 하며 살아가는데, 특이하게도 낚싯대로 물고기를 잡는 것이 아니라 잠수를 해서 작살로 물고기를 잡았다. 바다에 들어가기 전 그들은 폐 가득 숨을 깊게 들이마시고, 아무런 잠수 장비도 없이 그저 숨을 참으면서 6분이 넘는 시간 동안 바다 깊은 곳을 돌아다니며 물고기를 잡았다. 그들은 해류를 거스르며 물속에서 슬로 모션처럼 걸었다. 그러다 물고기가 나타나면 작살로 정확하게 잡았다. 그 장면은 내 머릿속에 깊이 남았고, 언젠가 나도 그들처럼 물속에서 걸어보고 싶다는 생각을 들게 했다. 바다를 두려워하던 내가, 그렇게 스쿠버다이빙을 시작하게 되었다.

태훈 선배에게 스쿠버다이빙을 하려면 자격증이 있어야 한다는 사실을 듣고 세부로 가서 자격증을 땄다. 필기시험도 봐야 했고 실기시험도 봐야 하는 것이 꽤 까다롭고 귀찮은 일이었지만 그래도 어쨌든 해냈다. 자격증을 딴 후 세부에서 몇 번의 다이빙을 했다. 솔직히 기대했던 것보다 시시했지만 그래도 새로운 경험이었다. 그러나 세상에는 여러 종류의 자격증이 있지만 스쿠버다이빙 자격증은 편의점 CU포인트 카드보다 쓸모가 없는 것이었다.

바다에 대한 동경을 거의 잊고 지낼 무렵, 우연히 바다에서 유영하는 여자의 영상을 봤다. 그녀는 깊어 보이는 바다에서 산호초와 알록달록한 물고기들과 함께 인어처럼 유영하며 스쿠버다이빙을 하고 있었다. 영상에 나온 바다는 내가 눈에 그리던 그런 바다였다. 그 영상의 출처를 겨우 알아내 연락을 했고, 그 장소가 보라카이라는 걸 알게 되었다.

몇 달 후 나는 보트를 타고 바다 한가운데에 있었다. 파도는 보던 것과 다르게 거칠었고 머리 위 열대의 태양은 현기증이 날 정도로 따가웠다. 배가 멈추고 사람들이 장비를 착용하기 시작했다. 나도 눈치껏 장비를 챙겼고 수경에 물이 들어오지 않도록 머리에 단단히 고정시켰다. 순서대로 다이빙을 하고 드디어 내 차례가 되어 바다로 들어갔다. 물은 기분이 딱 좋을 정도의 온도였다.

나는 잠수함처럼 서서히 바닷속으로 가라앉기 시작했다. 내려가면 내려갈수록 새로운 풍경이 하나씩 하나씩 펼쳐졌다. 처음에는 햇살에 비친 바다가 에메랄드 색으로 보였고, 은색으로 반짝거리는 수백 마리의 물고기 떼가 내 주변에서 헤엄치고 있었다. 그리고 밑바닥에 닿으니 사방에 화려한 색의 산호초와 해

초가 무성하게 자라 바닷속에서 정글을 이루고 있었다. 영상에서 봤던 바로 그런 풍경이었다. 함께한 일행들과 밑바닥에 모여 일렬로 나아갔다. 들리는 소리라곤 호흡기를 통해 내쉬는 숨소리와 산소 방울 소리뿐이었다. 그리고 나머지 소리는 모두 뿌옇게 들렸다. 그리고 중력은 사라지고 마치 내가 바다의 일부가 되어 부드럽게 움직이는 미역 줄기 같았다.

사방에 산호초들이 있었고 거기에는 이름을 알 수 없는 물고기들이 있었다. 모든 게 평화로웠고 나도 평온했다. 발에 달린 핀을 차고 앞으로 나아가니 오래전에 가라앉은 큰 배가 보였다. 배는 원래의 색을 잃고 녹슬어있었고, 거의 모든 선체를 산호들과 해초들이 뒤덮고 있었다. 그 배 주위를 유영하다 안으로 들어갔다. 좁은 문을 통해 들어간 배 안은 어두웠고 햇살이 간간이 좌초된 배 안으로 파고들었다. 마스터 캄이 가리키는 곳으로 고개를 돌려 보니 팔뚝보다 더 큰 물고기들이 있었다. 그것들은 꽤 사나워 보였지만 그렇다고 우리를 공격하진 않았다. 그저 우리를 다른 물고기들로 보는 것 같았다. 그들에게 피해를 주지 않도록 조심스럽게 조타실을 통해 갑판으로 나왔다.

한동안 그 배를 중심으로 유영했다. 나는 난파선 옆의 모랫바닥에 서서 힘겹게 핀을 벗었다. 두 발의 핀을 모두 벗어 다이빙 조끼에 고정시킨 뒤 천천히 그리고 조심히 발을 땅에 내딛어 걸으려고 했다. 그런데 마스터 캄이 와서 내게 뭘 하고 있느냐는 수신호를 보냈고 핀을 다시 신으라고 시켰다. 물속인지라 의사소통을 할 수 없고 내 안전을 책임지고 있는 마스터의 말이기에 나는 고집을 부릴 수 없었다. 결국 다시 핀을 신었다. 조금만 시간이 있었다면 그토록 바랐던 물속에서 걷기를 할 수 있었을 텐데 결국 그러지 못한 게 아쉬웠다. 물 밖으로 나와 다시 보트를 타고 선착장으로 돌아갔다. 캄이 내게 왜 그랬느냐고 물었다. 나는 내가 왜 그랬는지에 대해 할 이야기는 많았지만 빠르게 달리는 보트 안에서 설명할 수가 없었다. 그는 나의 다이빙 실력으로는 위험하다고 했다. 그러니 더욱 안전에 유의해야 한다면서 주의를 줬다.

다음 날 다이빙을 하기로 한 시간보다 먼저 도착해 마스터 캄에게 말했다. "내가 다이빙을 배운 이유는 깊은 바닷속을 걸어보기 위해서야. 그래서 아직 서투르지만 한번 해보고 싶었어." 캄은 고개를 끄덕이며 "네 마음은 이해하지만 모든 사람이 안전하게 다이빙하는 것이 내 일이기 때문에 어젠 어쩔 수 없었어"라고 말했다. 그의 입장을 충분히 이해할 수 있었다. 하지만 실망도 어쩌지 못하는 것이었다.

점심을 먹고 새로운 바다로 다이빙을 갔다. 그곳에는 큰 수송비행기가 가라앉아 있었다. 마스터는 어제보다 12미터 정도 더 깊은 곳으로 들어갈 예정이니 너무 빨리 입수하지 말라고 했다. 사람들과 순서를 정해 다이빙을 하는데 캄이 나에게 자신을 따라오라고 했다. '어제의 행동 때문에 요주의 인물로 찍혔구나'

라고 생각했다. 천천히 수송기가 있는 곳까지 잠수했다. 이렇게 서서히 가라앉을 때 깊이에 따라 햇살이 점차 희미해지는 걸 지켜볼 수 있는데 그건 정말 아름다운 것이었다. 물이 빛을 만나

면 수면 주위가 밝고 초록색으로 보인다. 그러다 수심이 깊어지면 그 색깔은 점점 더 짙은 파란색으로 변한다. 이건 다이빙을 해본 사람만 볼 수 있는 특별한 풍경이다.

40미터쯤 가라앉은 수송기에도 산호초와 해초가 자라고 있었고 물고기 떼가 비행기 근처에서 유영하고 있었다. 그렇게 비행기 주변을 둘러보는데 캄이 내 어깨를 툭툭 쳤다. 그리고 수경을 통해 내 눈을 바라보며 자신을 따라오라고 수신호를 했다. 그를 따라 비행기의 꼬리 날개까지 갔다. 거기는 고운 모래가 있는 곳이었다. 캄은 나에게 잠시 멈추라는 신호를 주곤, 공기가 얼마나 남았는지 체크했다. 그리고 내 두 발에서 핀을 벗겨냈다. 핀이 내 발에서 모두 벗겨지자 그는 내 손을 잡아 모랫바닥에 설 수 있도록 했다. 그리고 그가 나를 바라봤다. 아무 말도 할 수 없는 상황이었지만 나는 그의 의도를 이해할 수 있었다.

나는 바닷속에서 천천히 걷기 시작했다. 부력과 해류 때문에 잘 되지 않았지만 그래도 조금씩 앞으로 나아갈 수 있었다. 기분이 묘해지는 걸음걸이였다. 예전에 봤던 영상 속의 남태평양 부족처럼 바다를 걷고 있었다. 앞, 뒤로 두 발이 슬로모션처럼 움직였다. 태초의 생명체가 바다에서 올라와 영겁의 시간 동안 진화와 진화를 거듭해 결국 두 발로 걷게 된 첫날처럼 나는 걸었다.

걸을 때마다 내 몸을 스치는 물살이 부드럽게 느껴졌다. 그리고 내 호흡소리와 심장소리가 내 몸 안에서 울려 퍼졌다. 비록 바닷속의 압력과 부력 그리고 무중력으로 몸을 제대로 움직일 순 없었지만 이제까지 느껴보지 못한 온전한 육체의 자유로움을 느낄 수 있었다. 고개를 돌려 내 주변을 유영하고 있는 마스터 캄을 봤다. 우리는 눈이 마주쳤다. 정확하게 보이지는 않았지만 분명 그는 웃고 있는 것 같았다. 나는 계속 걸었다. 하지만 아무리 걸어도 아주 멀리까지는 가지 못했다.

나는 지금도 생각한다. 깊은 바닷속 첫 발자국을 내딛는 순간, 나는 여기가 아닌 다른 세계와 다른 공간에서 첫발을 딛었다는 걸.

파란 바닷속에서 천국의 첫 발자국을 남겼다.
그날, 나는 천국 같은 깊은 바다에서 그 일부가 되어
자유로이 거닐었다.

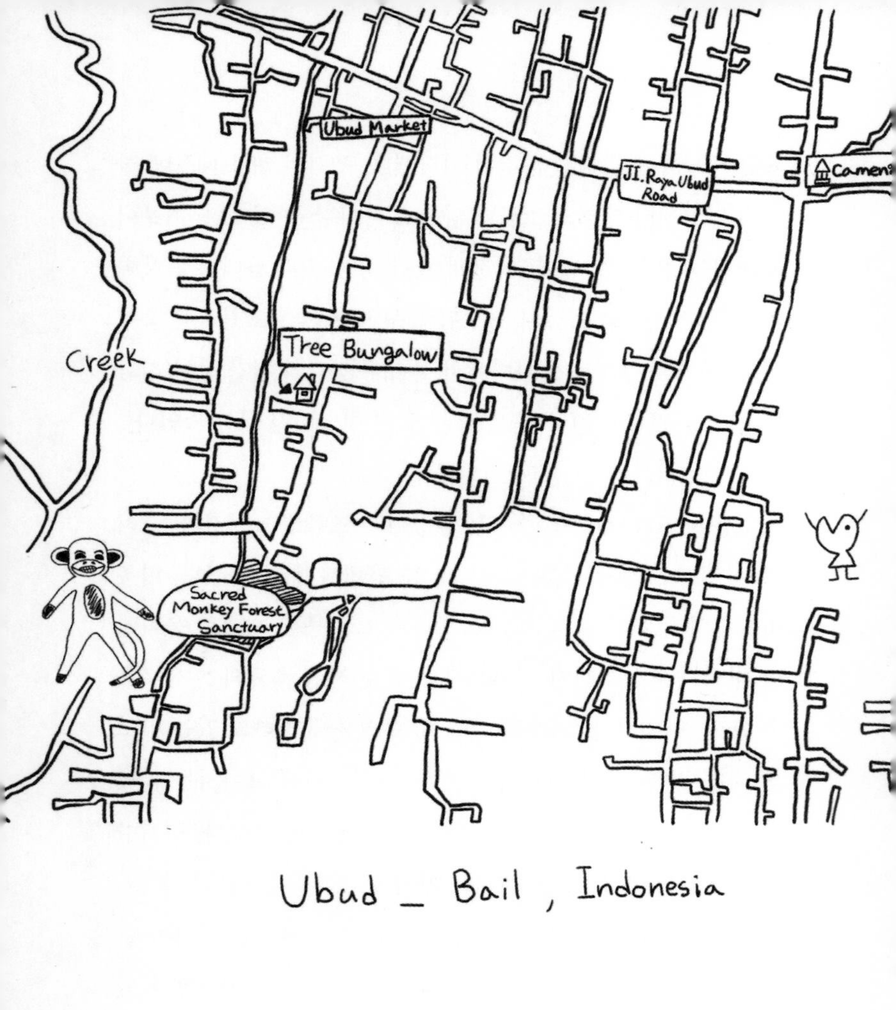

Ubud _ Bail , Indonesia

8

누워만 있다가

우붓, 발리

정글은 정글인가 보다.

내 넉넉한 허리보다 더 굵은 나무들이 무성하게 자라고 내 팔뚝만 한 넝쿨이 온 도시를 휘감고 있었다. 그리고 그 넝쿨 위로 커다란 개미들이 줄지어 자기 몸보다 큰 잎사귀나 매미 그리고 메뚜기들의 사체를 바쁘게 실어 나르고 있었다. 원숭이들은 내가 머무는 방갈로까지 와서 탁자 위에 놓인 과일들을 지들 마음대로 껍질째 집어 먹었다. 이 모든 것은 자연스러웠고, 뭐든 이해할 수밖에 없는 곳이었다. 이곳에 온 후로 잠이 더 늘었다. 나는 낮과 밤을 따지지 않고 누워서 지냈다. 밖은 당연히 덥고 습했지만 천장에 달린 팬이 방 안 공기를 움직이게 만들었고, 열린 창으로 논에서 불어오는 미지근한 바람도 나쁘지 않았다. 나는 모기장이 쳐진 침대에 누워만 있었다. 아무것도 하지 않았다. 아니 할 수 없었다. 움직일 힘이 내게 전혀 남아있지 않았다. 난 음악을 듣거나 글을 쓰지도 않고 심지어 식사조차 하지 않으며 무기력하게 시간만 보냈다. 그래도 시간은 잘도 갔다. 절대 멈추지 않는 파도처럼 말이다.

이곳에선 엄마 생각을 하지 않으려고 노력할 필요도 없었다. 여기서 나는 평온했고 발끝 그림자처럼 언제까지나 따라올 것만 같던 슬픔과 애도도 없었다. 그럴 수만 있다면 나는 우붓Ubud, 이곳에서 이렇게 머물며 방갈로 근처 큰 나무에 사는 야생 원숭이 가족과 친해지고, 개와 앙고라 고양이를 기르며 살아보고 싶었다.

결국 엄마가 돌아가셨다.

두 달 전 일이었다. 3년 반을 투병하며 고통 때문에 맞은 모르핀에 취해 있다 자신이 그리도 사랑하던 아들인 나도 알아 보지 못하고 돌아가셨다. 이제는 엄마에 관한 기억을 모두 잊고 싶었지만 그럴 수 없었다. 엄마의 죽음은 나와 우리 가족에게 큰 상처였고 지울 수 없는 아픔이 되었다. 엄마가 떠나고 난 뒤의 침통한 분위기와 엄마의 기억을 고스란히 담고 있는 집이 싫었다. 그런 이유로 엄마가 돌아가시고 나서 바로 독립을 했다. 하지만 두 달이 다 되어가도 새집에 이삿짐을 풀 수가 없었다. 엄마의 기억이 새집까지 따라와 있었고, 힘들어하는 가족들을 버리고 나 혼자만 우울한 집으로부터 도망쳤다는 죄책감에 시달렸다. 하루하루가 괴로웠고 시간은 진짜 더럽게 안 갔다.

이러다 깊은 슬픔과 우울이 내 인생 전체를 다 덮어버릴 거 같았다. 그런 이유로 나는 이곳까지 도망쳐왔다. 엄마의 기억과 가족의 슬픔이 여기까지 쫓아오지 못할 거라 믿으며….

그건 좋은 선택이었다.

여기에는 야생 원숭이와 뜨거운 태양은 있어도 엄마의 기억도, 슬픔도 없었다. 전화를 걸어 아버지와 누나들에게 모두 이곳으로 와야 한다고 말해주고 싶었다. 그럼 모두가 예전처럼 행복하게, 진심으로 평온하게 지낼 수 있을 거 같았다.

그렇게 누워서만 지내던 어느 화창한 날, '만약 〈이터널 선샤인〉의 주인공처럼 잊고 싶은 기억을 정해서 지울 수 있다면 나는 그 기억을 정말 지울 수 있을까?'라는 생각을 했다. 나는 분명히 알고 있었다. 그 기억을 삭제한다 해도 아무것도 바뀌지 않을 것이다. 남겨진 나와 아버지 그리고 보영이 누나와 신영이 누나, 우리 식구만의 힘으로 해결할 수밖에 없는 것이었다. 이런 생각을 하니 내 슬픔과 공허함을 인정하고 받아들일 수밖에 없었다.

어렵게 몸을 움직여 일어났다. 오래 누워있어 몸이 잘 안 움직일 거라 생각했는데 생각보다 가볍게 움직여졌다. 샤워를 하니 누워만 있을 땐 느끼지 못한 허기가 밀려왔다. 며칠 전에 사둔 과일을 밖으로 가지고 나와 방갈로 대나무 테이블에 앉았다.

에너지를 얻기 위해 손에 잡히는 과일을 입으로 처넣었다. 맞은편에 있는 원숭이들이 나를 뚫어지게 바라보고 있었다. 나는 과일 중에 배 하나를 골라 그들이 있는 나무 근처로 던졌다. 경계하던 한 마리가 내려와 얼른 집더니 나무 위로 올라가 와작와작 먹었다. 옆에 있던 새끼 원숭이가 겁도 없이 조심스럽게 내게 다가왔다. 이번에는 바나나를 손에 들어 보였다. 새끼 원숭이와 나와의 거리는 1미터도 되지 않았다. 다른 원숭이들은 무슨 일이 일어날지 이 상황을 유심히 지켜보고 있었다. 나는 오도 가

도 못하는 새끼 원숭이를 바라보며 바닥에 바나나를 두었다. 새끼 원숭이는 냅다 바나나를 집어서 방갈로 베란다로 갔다. 녀석은 난간에 앉아 이빨로 껍질을 까서 먹었다. 그 행동을 보던 원숭이 식구들은 새끼 원숭이의 영웅적인 행동에 모두 아우성을 질러댔다. 나는 대충 옷을 입고 밖으로 나왔다. 그리고 과일이 담긴 봉지를 일부러 테이블 위에 뒀다.

근처에서 스쿠터를 빌렸다. 그리고 가본 적 없는 우붓의 길을

따라 달렸다. 불어오는 바람을 맞으니 기분이 좋아졌다. 무작정 이렇게 달리니 마음속에 내가 방어막으로 그어 둔 선을 넘어선 기분이 들었다. 물론 여전히 슬프고 앞으로 엄마 없이 사는 게 막막했지만 어쨌든 나는 나대로 살아갈 수밖에 없다는 생각이 들었다. 처음 가본 길을 능숙하게 달려 꽤 먼 곳까지 갔다. 언덕에 멈춰 서서 정글에 반쯤 가려진 도시를 바라봤다. 도시는 정말 아름다웠다. 그걸 바라보며 앞으로 엄마의 기억은 여전하겠지만 결국 시간 안에서 그것들은 희미해질 거라고 생각했다. 그리고 지금 나와 우리 가족에게 필요한 건 기분 전환과 시간이라고 생각했다.

그 풍경을 바라보며 그런 생각을 하니 우붓이라는 낯선 도시에서 나는 조금 편안해졌고, 조금 어른이 된 거 같았다. 엄마가 이걸 아신다면 나를 자랑스러워하셨을 것이다. 자신보다 더 사랑했던 아들이 이렇게 성숙해진 걸 말이다. 돌아가는 길에 과일 가게에 들러 내 이웃 원숭이들을 위해 과일을 좀 사야겠다고 생각했다. 돌봐 드릴 엄마가 안 계시니 그들이라도 챙겨주고 싶었다.

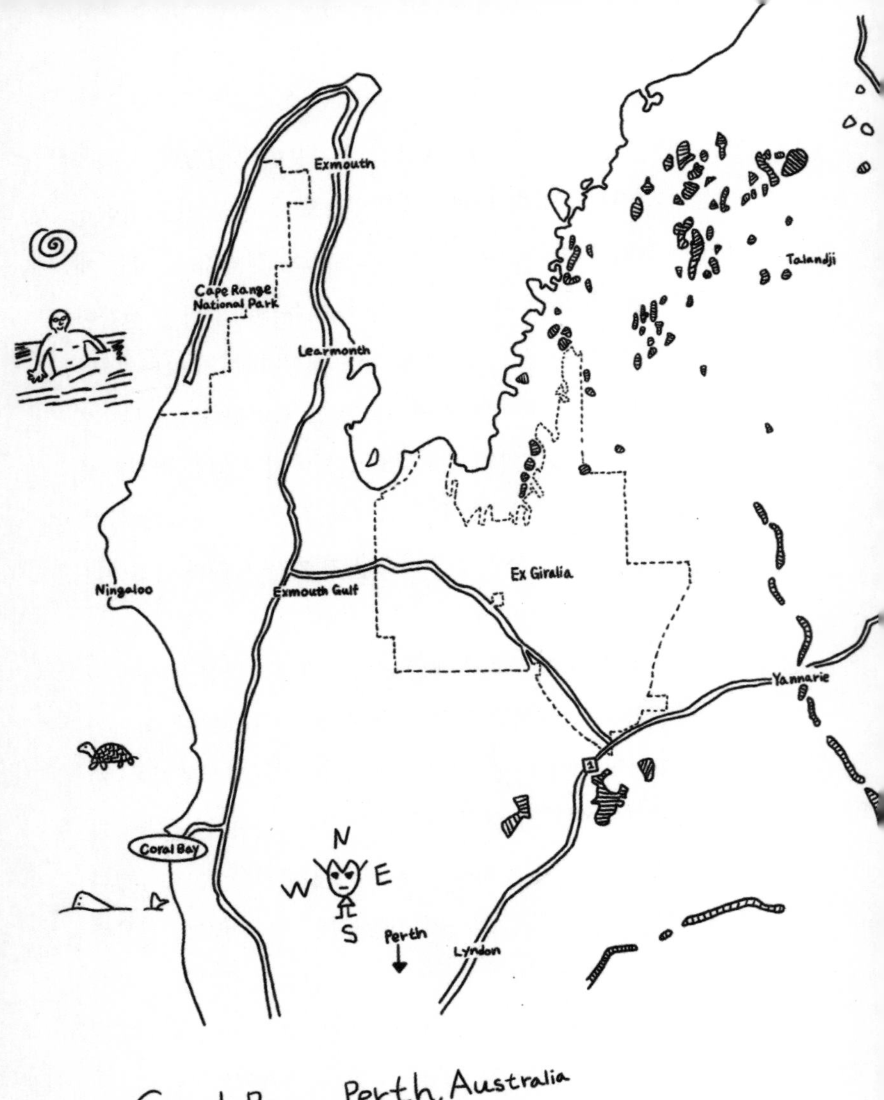

Coral Bay _ Perth, Australia

9

밤 바다에서 수영하기

퍼스, 호주

파도 소리를 따라 우리는 어둠 속으로 걸었다.

작은 모래언덕을 넘으니 까만 밤에 가려진 대양이 우리 앞으로 펼쳐져 있었다. 밤하늘에 뜬 창백한 달빛에 검은 바다는 하얗게 반짝였다. 온 세상은 그때 침묵을 지키고 있었다. 아마추어 해양 생태학자인 아서가 작은 랜턴을 켜고 해안가 모래사장을 살피기 시작했다. 나도 그를 따라 두리번거렸다. 넓은 해안가에서 그것의 흔적을 찾기는 쉽지 않았지만 그래도 여기가 확실하다는 아서의 말을 믿고 한참을 꼼꼼하게 살폈다. 갑자기 아서가 랜턴을 끄라고 작은 목소리로 말했다. 랜턴을 끄니 그도 나도 어둠에 가려졌다. 한동안 우리는 움직이지 않고 제자리에 서있었다. 혹시라도 소리를 내면 그것들이 모두 사라져버릴 거 같았기 때문이다.

우리의 눈은 서서히 어둠에 적응했고 그것들의 형체가 보이기 시작했다. 어둠 속에서 웅크리고 있는 것들. 족히 수십 마리는 되어 보였다. 그리고 해안가부터 그들이 웅크리고 있는 곳까지 난 일정한 흔적들을 볼 수 있었다. 우리는 조심스럽게 그들에게 다가갔다. "위험하지 않을까?" 낮은 목소리로 아서에게 물었다. 그는 "우리가 해를 끼치지 않으면 아무런 문제가 없을 거야"라고 속삭였다. 조심히 무리 중 하나에게 다가가니 그것은 네 다리와 그리고 머리를 사용해 모래를 파고 있었다. 아주 느렸지만 정성을 들여 모래를 파고 있었다. 파도 소리와 함께 모래를 파는 소리가 해안가의 한 부분을 차지했다. 달빛을 조명 삼아 본능인지 숙명인지 충실하게 모래를 파고 있는 모습은 이 세상의 풍경이 아닌 것 같았다.

바다거북. 그들은 1년에 서너 번 매년 이 해변으로 돌아와 알을 낳는다고 했다. 150여 개의 알을 한 번에 낳는데 그중에 무사히 바다로 가서 어른이 되는 거북의 숫자는 10퍼센트도 되지 않는다고 했다. 50일 정도 지나면 알에서 부화해 어미의 도움도 없이 본능적으로 바다로 향하다 온갖 바닷새와 야생 동물들 그리고 물고기에게 잡아먹혀 버린다고 했다. 그런 시련을 겪은 후 살아남은 거북만이 어른이 되어 다시 이곳으로 찾아온다고 했다. 가장 경이로운 건 어떻게 바다로 향해 가는지, 어떻게 인정사정없는 세상을 살아가는지 그리고 어떻게 이곳으로 다시 돌아오는지 아무도 가르쳐주지 않는다는 사실이었다. 조상 대대로 유전자에 새겨진 그들만의 방식이 지금까지 이어져 내려오는 거라고 막연히 추측만 할 뿐이었다. 꽤 많은 연구가 이루어졌지만 아직까지 어떻게 그럴 수 있는지 그 누구도 정확히 알지 못한다.

거북들 중 몇몇은 모래 파는 걸 포기하고 왔던 바다로 사라졌고 몇 마리는 모래 파기에 성공해 알을 낳기 시작했다. 알을 낳는 거북에게 다가갔다. 거북은 하늘을 향해 목을 길게 빼고 큰 눈을 끔뻑거리며 고통에 찬 표정으로 탁구공 같은 알을 하나씩 낳고 있었다. 그러다 보게 되었다. 거북의 눈에서 한없이 쏟아지는 눈물을 말이다. 거북은 울고 있었다. 출산의 고통 때문인지, 새 생명을 잉태하는 환희 때문인지 알 수는 없었지만 그 눈물을 보고 있으니 모성이라는 것이 얼마나 대단하고 고귀한 것인지 알 수 있었다.

알을 다 낳자 거북은 구덩이를 팔 때보다 더 격렬한 움직임으로 그 구덩이를 다시 메웠다. 그때도 눈에는 눈물이 맺혀있었다. 구덩이가 모래로 메워지자 힘겹게 몸을 돌려 여전히 어두운 바다로 돌아갔다. 우린 그 광경을 지켜보고 있었다. 거북은 한참을 열심히 기어가다 기운이 빠졌는지 해변에 멈춰 서서 오랫동안 움직이지 못했다. 팔과 다리는 약하게 움직이고 있었지만 앞으로 나아가지 못했다. 나는 아서에게 "도와줘도 될까?"라고 물었다. 그는 대답 대신 거북에게 다가가 밀기 시작했다. 나도 아서가 하는 것처럼 거북의 뒤로 다가가 밀었다. 그제야 거북은 천천히 움직이기 시작했다. 우리는 파도가 닿는 곳까지 녀석을 밀어줬다. 밀려와 부서지는 파도가 거북의 몸에 닿자 그제야 우리의 도움 없이 미끄러지듯 앞으로 나아갔다. 우리는 거북에게서 손을 뗐다. 거북은 파도에 휩쓸려 해변에서 점점 멀어지고 있었다. 우리는 등딱지가 보이지 않을 때까지 거북을 바라봤다.

"아름답지?" 아서가 물었다. 나는 대답 대신 그저 고개를 끄덕였다. 그거 말고는 달리 표현할 방법이 없었다. 옆에 있던 그가 옷을 벗어 던지더니 알몸으로 바다로 달려갔다. 그리고 달빛

을 받으며 수영을 했다. 나도 옷을 벗고 바다로 달려갔다. 우리 둘은 아무 말도 하지 않고 수영만 했다. 그곳에는 우리 말고 아무도 없었다. 맨살에 닿은 바닷물은 마치 공기처럼 가벼웠고 검은 바닷속에 무엇이 있을지도 몰랐지만 이상하게도 두렵지 않았다. 모든 게 자연 그 자체였다. 우리는 한참을 수영하다 해변으로 올라왔다. 파도는 계속 몰아쳤고 우리는 물에 떠내려온 부유물처럼 한동안 그렇게 벌러덩 누워있었다.

"대단하지 않아?" 아서가 내게 물었다. 나는 "진짜"라고 대

답했다. 그는 흐뭇하게 웃어 보였다. 마치 아무에게도 보여주지 않았던 세상의 비밀을 내게만 보여준 것처럼 말이다. 우리는 서서히 몸을 일으켜 옷가지를 챙겨 들고 주차한 곳까지 걸었다. 육지 쪽에서 불어오는 바람이 우리의 젖은 몸을 스치며 말려주었다. 주차장에 도착해 벗어 던졌던 옷을 챙겨 입고 차에 탔다. 너무 외져서 가로등 불빛 하나 없는 길을 따라 우리는 마을로 돌아왔다. 아서가 숙소에 날 내려주며 물었다. "내일도 올래?" 나는 어둠 속에서 대답 대신 엄지손가락을 치켜세워 보였다. 그걸 보고 그는 웃으며 떠났다. 몸에 붙은 모래 때문에 까끌거리는 침대에 누워 거북의 눈물에 대해 생각했다. 그리고 석 달 넘게 보지 못한 엄마의 얼굴을 생각했다.

그날 밤 나는 어쩌면 천국에 있었는지 모른다.

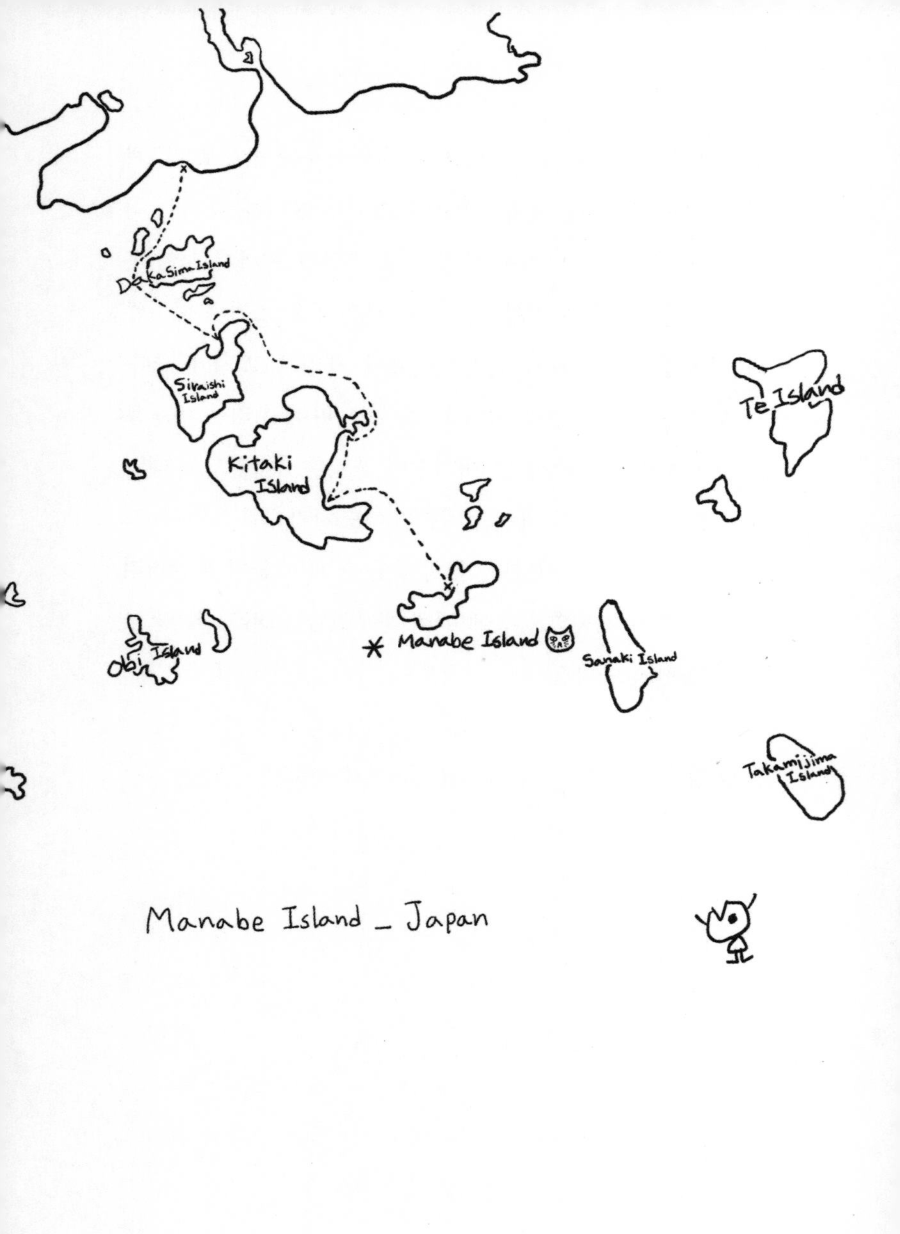
DaKaSima Island
Siraishi Island
Kitaki Island
Te Island
Manabe Island
Obi Island
Sanaki Island
Takamijima Island
Manabe Island _ Japan

10

우리도 저 고양이들처럼 예뻐 보였을까

마나베섬, 일본

그 섬은 하루에 몇 번 없는 정기 배편을 타고 한 시간 넘게 가야 하는 외진 곳이다. 배에 타는 사람도 얼마 없었지만 그나마도 중간에 있는 섬에서 내리고 나면 마지막 정착지인 그 섬에 내리는 승객은 손에 꼽을 정도다. 승객은 거의 섬 주민들로, 일주일에 한 번 육지로 가서 필요한 물건들을 사 오는 사람들이 대부분이었다. 관광객은 나밖에 없었다.

부두에는 숙소 주인 할아버지가 마중 나와 계셨다. 인사를 나누고 할아버지를 따라 부둣가에서 멀지 않은 곳에 있는 숙소로 갔다. 일본 전통 가옥을 현대식으로 개조한 아담하고 깔끔한 곳이었다. 안내를 받아 따라간 곳은 여섯 명이 머무는 나무 바닥의 방이었다. 각각의 공간에 대나무 발이 쳐져 있었고 침대 대신 도톰한 이불이 깔려있었다. 주인 할아버지는 여행 시즌이 끝나 지금은 이 방만 사용하니 다른 여행객과 함께 머물러도 괜찮겠냐고 물었다. 나는 상관없다고 말씀드리고 방 한구석에 짐을 풀었다. 습하고 찌는 밖의 날씨와는 다르게 방은 상쾌하고 시원했다.

할아버지는 내게 섬에 대한 여러 가지 이야기를 들려줬다. 이 섬은 다 돌아도 두 시간이 채 걸리지 않으며 주민들은 서쪽 해안가에 모여 살고 있고 다른 쪽은 절벽이라 거기 가려면 산길을 따라가야 한다, 그리고 이것저것 파는 가게가 한 군데 있는데 주인 할머니 귀가 잘 들리지 않으니 크게 말해야 한다, 또 식당은 세 군데가 있지만 지금은 한 군데만 연다, 음료 자판기는 마을회관 앞에 딱 하나 있다, 그리고 마지막으로 마을의 신을 모시는 신전도 한 군데 있다는 말도 잊지 않으셨다. 말 그대로 작은 어촌 마을이었다. 특별할 것 없이 일부러 찾아오지 않는다면 아무것도 없는 평범한 섬이었다. 주변이 바다로 둘러싸여 있지만 수영을 할 수 있는 해변은 아예 없었다. 만약 군이 수영을 하겠다면 선착장 근처에서 할 수 있는데, 올해는 해파리가 많아서 하지 않는 게 좋을 거라고 했다.

이런 외딴 섬까지 오게 된 건 순전히 고양이 때문이었다. 일본에는 몇 개의 고양이 섬이 있었다. 고양이 섬은 말 그대로 고양이가 많이 사는 섬을 뜻하는데 이곳도 그중의 하나였다. 짐을 두고 고양이를 찾아 밖으로 나왔지만 생각만큼 고양이를 쉽게 볼 수 없었다. 나를 피해 모두 숨은 건지, 아니면 내가 잘못 찾아온 것인지 확신이 서지 않았지만 이내 고양이 섬이란 걸 알 수 있었다. 왜냐하면 마을에 온통 고양이 그림이 여기저기 그려져 있었기 때문이다.

그렇게 부둣가를 걷다 선착장 근처 낮은 건물들 사이의 그늘에서 고양이 무리를 발견했다. 10여 마리에 가까운 고양이가 그늘에 널브러져있었다. 내가 다가가도 눈곱만큼의 흥미도 없

는지 그들은 나를 슬쩍 훑어보기만 했다. 나는 무리가 있는 그늘 안으로 들어가 그 옆에 쪼그리고 앉았다. 그들은 경계하지 않았다. 사람이라는 존재가 자신들에게 해를 끼치는 존재가 아니라는 걸 이미 알고 있는 것 같았다. 가방을 열어 고양이 간식을 꺼냈다. 그제야 일제히 고양이들이 일어나 내게 다가왔다. 한두 마리가 아닌 10여 마리의 고양이가 순식간에 모여들었다. 그들은 내가 뭔가 주려고 한다는 걸 경험적으로 알고 있는 거 같았다. 모여든 고양이들에게 간식을 조금씩 나눠주기 시작했다. 서로 먹겠다고 달려들어 한바탕 난리가 날 줄 알았는데 나름 규칙이라도 있는 것처럼 차례대로 간식을 받아먹었다. 사람에게

간식을 받아먹는 행위가 익숙한지, 모든 게 평화롭고 공평한 분위기 속에 이뤄졌다. 간식을 다 나눠주고 주변에 있는 고양이 몇 마리에게 손을 가져다 쓰다듬어 주었다. 그랬더니 더 몸을 이리저리 움직여 자기가 원하는 곳을 쓰다듬게 했다. 소문으로만 듣던 고양이 섬에서 고양이들과 함께 있다는 게 만족스러웠다. 애써 이곳까지 온 보람을 느꼈다. 한동안 고양이들과 친목을 도모하다 숙소로 돌아가려고 하니 일제히 고양이들이 나를 뒤따랐다. 그러다 숙소가 있는 골목길에 다다르니 그들은 그 이상 따라오지 않고 다시 그들이 있었던 곳으로 돌아갔다. 마치 간식을 나눠준 것에 대한 보은으로 배웅을 해준 거 같았다.

난 특별히 할 일도 없고 볼 것도 없었기에 숙소로 돌아가 촉감 좋은 이불을 덮고 낮잠을 잤다. 해가 지기 시작할 때쯤 일어나니 대나무 발 사이로 그녀가 보였다. 그녀는 내가 깰까 봐 조심스럽게 가방을 정리하고 있었다. 여전히 잠이 덜 깬 머리로 그녀에게 인사를 했다. 그녀는 여름 방학을 맞아 프랑스 남부 지방에서 일본으로 여행을 왔고, 다른 큰 도시를 여행하다 조용한 곳에 있고 싶어 일부러 관광객이 없는 이곳까지 오게 되었다고 했다. 그녀는 열여덟 살이라고 했다. 우리는 섬에 대해서 이런저런 대화를 나눴다. 그녀는 자신이 공부하고 있는 문학과 그녀의 집인 남 프랑스의 풍경들 그리고 자신이 여행한 일본 도시들에 대한 이야기를 해줬다. 나도 서울 이야기와 고양이를 보러 여기까지 온 이야기를 들려줬다. 그녀는 내가 하는 일에 대해 물었고, 나는 농담으로 일을 하지 않은 지 오래되었다고 말했다. 소녀는 그런데 어떻게 여행을 할 수 있는지 궁금해했다.

나는 아빠가 부자라고 말했다. 농담이었지만 그녀는 내 말을 그대로 믿으며 아빠가 부자면 뭐가 좋냐고 진지하게 물었다. 소녀의 진지함에 사실 내 말이 거짓말이었다고 말할 수가 없어서 집에 황금알을 낳는 오리가 있는 기분이라고 했다. 그녀는 내게 동화에서처럼 욕심을 부려 더 많은 황금을 얻기 위해 오리의 배를 가르는 바보 같은 짓은 하지 말라고 했다. 귀여운 충고였다.

그녀와 나는 방파제를 따라 식당이 있다는 섬의 끝 쪽으로 걸었다. 한낮의 더위는 사라지고 섬의 뒤편에서 불어오는 시원한 미풍이 느껴졌다. 걷다 방파제에 앉아있는 노랑 고양이 한 마리와 마주쳤다. 아무 이야기도 하지 않았지만 우리는 고양이에게 다가가 쓰다듬었다. 고양이는 기분이 좋은지 벌러덩 배를 까고 누워 몸을 비틀었다. 우리는 그걸 지켜보며 고양이는 참 특별한 존재 같다고 했다. 소녀는 고양이보다 강아지가 더 좋다고 말하며 고양이 섬처럼 강아지 섬이 있으면 좋겠다고 했다. 소녀가 말한 것처럼 강아지 섬을 상상했지만 평화롭지 않을 거 같았다. 분명 강아지들이 야생화되어 공격적으로 변해 섬에 오는 사람들을 다 공격할 거 같다고 말하니, 그녀도 그렇게 생각한다며 고개를 끄덕였다. 우리는 다시 길을 걸었다. 그때 그녀가 두 손으로 얼굴을 가리며 뭔가가 얼굴을 스쳐 지나갔다고 했다. 그 자리에 서서 그녀의 얼굴을 가까이 바라봤지만 아무것도 보이지 않았다. "아무것도 없는데?"라고 말하니 그녀는 분명 뭔가가 얼굴에 닿았다고 했다. 다시 자세히 바라보니 지는 연분홍빛 햇살에 반짝이는 비단실 같은 게 보였다. 조심히 그녀의 얼굴에서 떼어냈다. 그녀는 그게 뭐냐고 물었다. 나는 거미줄 같다고 했다. 그녀는 자신의 몸에 거미가 있느냐고 물었다. 나는 거미는 없고 한 가닥 거미줄만 있다고 했다. 그리고 거미는 해가 질 때쯤 거미줄을 풀어 번지점프를 하는 것처럼 바람을 타고 이 나무에서 저 나무로 옮겨 다닌다고 말해줬다. 그녀는 재차 거미가 없는 걸 확인하며 어떻게 그걸 아느냐고 물었다. 나이가 많아지면 쓸데없는 것들을 저절로 알게 된다고 하니, 그녀가 미소를 지어 보이며 그래도 거미에 대해 알고 있는 건 좋은 거라고 말했다.

식당에 도착했지만 문은 닫혀있었다. 당황스러운 상황이었다. 이 식당이 유일하게 문을 연 식당인데 무슨 일인지 닫혀있으니, 우리는 저녁을 굶어야 할 판이었다. 서로의 얼굴을 보다 우리는 이것저것 판다는 가게가 있는 곳으로 가보기로 했다. 할머니의 가게에는 물건이 별로 없었고 대신 술이 아주 많았다. 주인 할머니는 우리가 일본어를 한다 해도 전혀 소통을 할 수 없을 정도로 귀가 안 들리셨다. 우리는 비좁은 가게 안으로 들어가 구석구석 뒤져 컵라면 하나와 미역 말린 걸 찾아냈다. 할머니는 이런 우리를 보고 구석에서 라면 하나를 더 찾아주셨다. 이거면 대충 저녁은 해결할 수 있을 거 같았다. 할머니에게 인사를 하고 숙소로 돌아와 라면을 먹으려고 보니 할머니가 찾아주신 라면은 유통기한이 몇 년 지나있었다. 그나마 하나는 유통기한이 남아있어서 우리는 라면 하나와 말린 미역을 저녁으로 먹었다. 부족했지만 그래도 추억이 될 만한 만찬이라고 그녀가 내게 말했다. 나는 만약 배가 고프면 나가서 고양이라도 잡아오겠다고 했다. 그녀는 고양이는 여기 주인이니 대신 앞 바다에서 큰 물고기 한 마리를 잡아오라고 말했다. 그녀의 농담에 우리는 서로를 보며 웃었다.

먹은 거 같지도 않은 저녁을 먹고 밖으로 나오니 깜깜했다. 가로등이 켜진 부둣가에 고양이들이 여기저기 앉아있었다. 우리는 한참을 고양이와 놀았다. 고양이들도 우리만 졸졸 따라다녔다. 그중에 새끼 한 마리가 있었는데 정말 발랄한 녀석이었다. 나는 녀석을 품에 안고 방파제에 앉아 유독 더 까맣게 보이는 바다를 바라봤다. 소녀도 내 옆에 앉아 새끼를 쓰다듬었다. 어둠에 눈이 적응되었는지 하늘에 뜬 별들이 하나둘 보이기 시작하더니 결국 밤하늘이 별로 가득 찼다. 우리는 어두워 분간이 잘되지 않는 수평선을 바라봤다. 그리고 불어오는 바람의 분자들이 우리 몸을 통과하도록 열어줬다. 품에선 새끼 고양이가 고르렁거리며 안겨있었고, 소녀는 옆에서 밤하늘에 뜬 별들을 바라보며 익숙한 멜로디의 동요를 흥얼거렸다. 그리고 이 섬의 주인인 고양이들 모두 우리 주변에서 각자 자리를 차지하고 앉아 우릴 가만히 보고 있었다. 나는 그녀에게 물었다.

"우리가 고양이였다면 이들처럼 예뻐 보였을까?"

소녀는 "지금 우리도 예쁠 거 같아. 밤은 깜깜하니깐 모든 걸 가려주잖아"라고 말했다. 그녀의 말처럼 그날 밤 다른 누군가가 우리를 봤다면 예쁘다고 했을 것이다. 그날 밤 바람은 부드러웠고 공기는 시원했다. 그리고 부두에 켜진 노랑 가로등 불이 모든 걸 풍요롭고 아름답게 보이게 만들어줬다.

그날 밤 예쁜 나와 예쁜 소녀 그리고 예쁜 고양이들은 천국같았다.

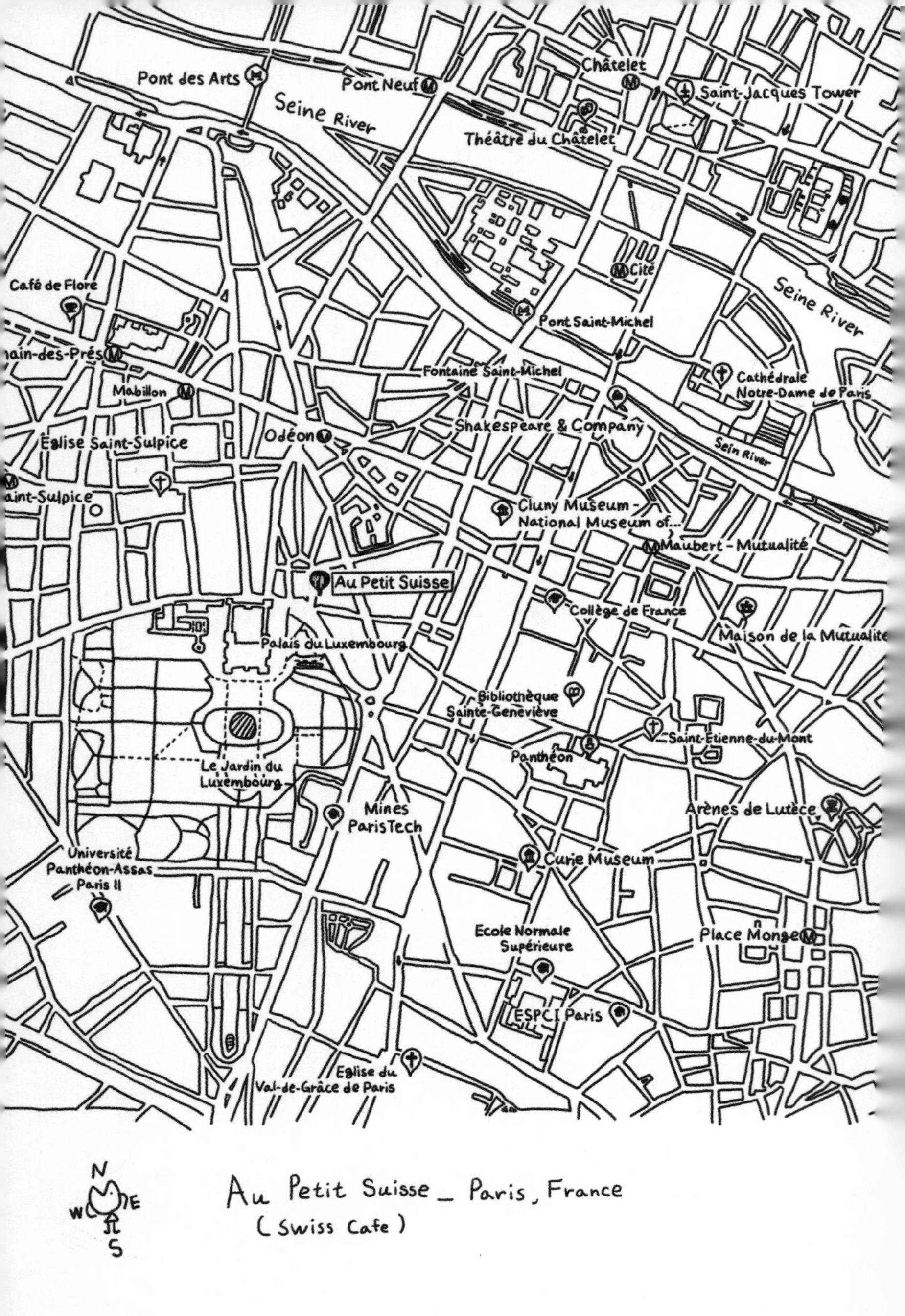

Au Petit Suisse _ Paris, France
(Swiss Cafe)

11

카페는 여전합니까

파리, 프랑스

누군가를 만나러 하루도 거르지 않고 같은 장소에 간다는 건 보러 가는 사람이나 기다리는 사람 모두에게 기분 좋은 일일 것이다.

나는 그가 좋았다. 그래서 매일 그를 만나러 갔다. 그는 '그리스인 조르바'처럼 언제나 유쾌했고 아무런 고민이 없는 사람이었다. 또 세상은 그에게 언제나 사건과 모험의 연속이었으며, 인생이라는 건 아름다운 것이었다. 그는 가죽 스커트를 입은 여자와 붉은 장미, 싸지만 맛 좋은 와인과 고양이를 무척 사랑했다. 나이는 나보다 2.5배 정도 많았지만 나보다 훨씬 더 에너지와 열정이 넘쳤다. 그런 그를 보면서 어쩌면 이미 지나간 젊음을 몸 안에 영구히 감금시킨 게 아닐까 하는 생각이 들었다.

그는 내 숙소가 있는 왕자거리에서 10분쯤 떨어진 뤽상부르 공원 앞 카페의 주인이었다.

'스위스 카페'.

이게 그의 카페 이름이었다. 파리에는 셀 수 없을 정도로 오랜 역사와 멋진 분위기를 자랑하는 카페들로 넘쳐난다. 스위스 카페의 역사도 그의 할아버지가 스위스 로잔에서 이민을 와 문을 연 100년 전으로 거슬러 올라간다. 그 후 아버지를 거쳐 지금은 그가 3대째 카페를 운영하고 있고, 언젠가 그의 아들이 물려받아 4대로 이어질 예정이다. 이제는 오래되어 흐릿해진 거울과 색이 바랜 빨간 벽지 그리고 1930~1940년대에 만들어진 빈티지 전등으로 꾸며져 있었다. 카페에 앉아 고개를 돌리면 사방의 거울에 비친 나를 볼 수 있었는데 그렇게 보이는 내 모습이 꽤 근사하게 보였다.

그곳은 언제나 동네 단골손님들로 북적였다. 처음 그곳에 가게 된 건 순전히 고양이 때문이었다. 카페 앞을 지나칠 때마다 동네 고양이들이 그곳에서 햇볕을 쬐며 졸고 있거나 때때로 카페 안으로 마음대로 들어가 여기저기를 기웃거렸다. 가끔 손님들은 테이블 사이로 다니는 고양이에 대해 불만을 표시하기도 했다. 하지만 웨이터들도, 카페 주인장도 손님들 불만에 별로 개의치 않았다. 그곳에선 주인장이 고양이를 좋아한다는 이유 때문에 손님들보다 고양이가 우선이었다.

나는 고양이를 보러 자주 그곳에 갔다. 하지만 이상하게 내가 갈 때마다 고양이들은 부재중일 때가 많았다. 오늘은 고양이가 없냐고 주인장에게 물어보면, "지금은 없어. 하지만 혹시 올지도 모르니까 기다리면 알려줄게"라고 말하곤 했다. 그러다 고양이가 나타나면 그는 어리둥절한 표정의 고양이를 들고 와 내게 안겨주며 이름을 알려주었다. 그러나 아무리 들어도 고양이들의 이름은 절대 외울 수 없었다. 그 이름들은 프랑스어라 내가 발음하기가 불가능했고 무엇보다 단어가 아니라 하나의 문장이라서 도저히 기억할 수가 없는 것이었다.

영 속도가 붙지 않는 글 작업과 외로움 그리고 고양이 때문에 그곳에 드나들면서 이내 그와 친해졌다. 우리의 대화는 괴상했는데 나는 영어로, 그는 프랑스어로 이야기했다. 불가능해 보이지만 그래도 우리는 어느 정도 서로의 말을 이해할 수 있었다. 그는 내가 프랑스어를 못 한다는 사실 때문인지 나를 어미 잃은 고양이처럼 안타깝게 봤다. 그가 아는 세계는 모두가 프랑스어로 이야기하고 아침에는 막 구운 크루아상과 에스프레소를 마셔야 했기 때문이다.

머무르는 3개월 동안 우리는 가까워졌다. 햇살 좋은 날에는 노천 테이블을 차지하고 앉아 고양이를 무릎에 앉혀두고 담배를 피우며 지나가는 사람들을 구경했고, 비가 내리는 날에도 역시 고양이를 무릎에 앉혀두고 풍경을 감상했다. 이게 우리가 한 전부였다. 소소한 시간이었지만 그 덕분에 나는 같이 와도 외롭고, 혼자 있으면 더 외롭다는 도시 파리에서 그나마 견딜 수 있었다. 에펠탑이나 루브르 박물관, 베르사유 궁전, 오르세 미술관… 이런 곳은 가지도 않았다. 사실 별로 관심도 없었다. 그저 비가 오거나 화창한 날 그 카페에 앉아있는 게 내게는 더 행복하고 가치 있는 일이었다.

나는 스무 살부터 높다는 산도 넘어봤고,
역사를 가늠할 수 없는 오래된 유적지를 걸으며
교과서에서만 봤던 진귀한 작품들도 지겹도록 봤고,
입김을 내뱉는 순간 바로 얼어붙을 정도의
추운 도시에서 머물기도 했고,
세상에서 가장 긴 길도 달려봤고,
오로라도 본 적 있으며,
낮게 부는 바람과 해가 절대 지지 않는 밤을
몇 달 동안 보내기도 했고,
하루 종일 밤만 지속되는 곳에서도 살았었으며,
아주 깊고 넓은 바다 위를 수없이 비행기로 건너봤다.

이런 경험들이 모두 부질없는 건 아니지만, 파리의 스위스 카페에서 아무것도 하지 않고 마음 맞는 상대와 사소한 시간을 보내는 일도 나름 가치가 있었다.

몇 년이 지났지만 나는 가끔 구글 어스를 열어 '스위스 카페'

를 찾아본다. 그리고 지도를 확대해 점점 가까이, 가까이 그렇게 보다 보면 여전히 노천 테이블에 앉아있을 그와 고양이를 볼 수 있을 것만 같다. 비록 나는 지금 거기에 없지만 언제라도 그곳에 돌아가면 그와 고양이들이 날 반갑게 맞아줄 것 같다. 이렇게 언제라도 돌아가면 변한 거 없이 온전히 내가 갈 곳이 있다는 것이 큰 위안이 된다.

그 계절,
나는 스위스 카페에서 천국의 넉넉한 여유를 느꼈다.

LLA VITTORIA
Explora IL Museo
Dei Bambini Di Roma
Bioparco di Roma
Museoe Galleria
Borghese
Villa Borghese
Tevere River
Castel Sant'Angelo
Tevere River
Fontana
di Trevi
Pantheon
Roma
Carina
Hotel
Piazza Venezia
Foro
Romano
N
W
E
S
Roma, Italy

12

지금은 전설이 된 우리의 로마를 위하여

로마, 이탈리아

선죽교 위 지워지지 않는 정몽주의 피처럼 여전히 내 몸에는 그녀의 향기와 온기가 남아있다.

우리는 2017년 가을 다시 만났다.

우리는 몇 달째 친구도 그렇다고 연인도 아닌 모호한 관계를 유지하고 있었다. 그녀와 내가 정확히 어떤 사이인지 우리조차도 정의 내릴 수 없었다. 모든 것이 애매했지만 확실한 건 서로를 끌어당기는 호감은 가지고 있다는 사실이었다. 우리가 만약 같은 하늘 아래 살았더라면 아무런 문제 될 것이 없었을 테지만 그녀는 뉴욕에, 나는 서울에 있었다.

그녀를 만난 건 파리 6구에 있는 '카페 드 플로르'에서였다. 그때 나는 두 달째 파리에 머물고 있었고, 그녀는 그곳에 휴가차 왔다. 운명인지, 우연인지 카페에 자리가 없어 그녀는 내 테이블에 합석하게 되었다. 주문에 애를 먹고 있던 그녀를 도와주게 되었다. 우리는 자연스럽게 이야기를 나누게 되었고 금세 마음이 맞아 며칠 동안 파리를 같이 돌아다녔다. 누가 먼저 호감

을 느꼈고 그걸 표현했는지 지금에 와선 기억나지 않지만 아주 빠르게 서로를 끌어당겼다. 설렘의 며칠이 지나고 그녀가 다시 뉴욕으로 돌아가기 전까지 말이다. 그녀가 떠나고 나는 이 도시에 남아야 한다는 게 싫었지만 우리는 가능한 한 빨리 다시 만나자고 약속을 했다. 우리는 알고 있었다. 이 약속이 그냥 말로만 떠드는 게 아니라는 걸. 우리가 함께한 시간은 겨우 3일이었지만 로맨스 영화처럼 달콤했고, 진지했으며 무엇보다 서로에 대한 호감이 강렬했다.

그로부터 3개월 뒤 우리는 각자의 도시가 아닌 낯선 도시에서 만나기로 했다. 우리가 선택한 도시는 로마였다. 커피와 카

페를 좋아하는 우리는 맛있는 에스프레소를 마실 수 있는 노천 카페들이 많은 로마에서 만나기로 했다. 그녀보다 일찍 로마에 도착했다. 호텔 방을 두 개 빌리려고 했지만, 방값도 아끼고 서로에 대한 신뢰가 있었기에 방 하나에 더블 침대로 예약을 했다. 그 방에서 다시 만나기를 학수고대하던 그녀를 기다렸다.

여름이 끝나고 막 가을이 시작되고 있는 로마는 곳곳에 낙엽들로 붉게 보였고 지난 시대에 사라진 도시의 유적지는 관광객들로 붐볐다. 그녀를 기다리면서 근처라도 돌아다녀 볼까 하다 모든 건 그녀가 오면 함께하고 싶어서 얌전하게 기다렸다. 본부의 지시를 기다리는 추운 나라의 첩자처럼 그녀의 연락이 오길 초조하게 기다렸다. 그러다 '그녀가 혹시 허언증 환자나 범죄 조직의 조직원은 아닐까?'라는 의심이 들었다. 하지만 비록 찰나지만 우리가 파리에서 보낸 순간들을 떠올려 보면 그녀는 분명 괜찮은 여자였다. 만약 마음이 바뀌어서 이곳에 오지 않는다면 난 대단히 실망하고 절망에 빠질 게 분명했지만, 그래도 그녀를 믿을 수밖에 없었고 반드시 날 만나러 올 거라고 믿었다.

한동안 방에 있다가 근처 스쿠터 대여 숍에서 빨간색 베스파를 빌렸다. 그녀가 스쿠터를 타고 로마 시내를 돌아보고 싶다고 했던 게 기억나서였다. 그러곤 다시 호텔로 돌아와 창가에 걸터앉아 담배를 피웠다. 공항에 마중 나가려 했지만, 그녀는 호텔 방문 앞에서 만나는 게 더 감동적일 거 같다며 내게 마중 나오지 말라고 부탁했다. 대신 노크를 네 번 하면 자기인 줄 알라고 했다. 왜 네 번이냐고 물었더니, "룸서비스나 클리너는 세 번 노크를 하니까"라고 말했다.

로마에 도착한 지 10시간이 지나고 나서야 네 번의 노크가 울렸다. 문을 열었을 때 큰 트렁크와 함께 그녀가 서있었다. 그녀가 내 눈앞에 있다는 사실이 감동적이었다. 우리는 어색한 악수를 했다. '그녀를 만나면 가장 먼저 포옹을 해야지'라고 생각했지만 실제로 만나니 부끄러워서 그걸 할 수 없었다. 그녀는 악수하며, "나를 보면 안아줄 거라로 생각했는데…"라고 말했다. 나는 "부끄러워서…"라고 대답했다. 그러자 그녀는 "남자가 그렇게 용기가 없으면 어떡해요?"라고 말하며 나를 안아주었다.

들려주고 싶고 묻고 싶은 이야기가 너무 많았다. 근처 광장에 있는 노천카페에 갔다. 우리가 그렇게 마시고 싶어 했던 이탈리아 에스프레소를 주문하고, 우린 마주보고 앉아 서로의 얼굴을 신기한 듯 바라봤다. 3개월 동안 머릿속으로만 상상해오던 그녀를 실제로 마주보고 있으니 심장이 간질간질거렸다. 그녀는 에스프레소에 각설탕을 넣고 스푼으로 저으며 로마로 오는 비행기 안에서 너무 설레어 잠도 못 잤다며 실제로 다시 만나니 어떤 기분이냐고 물었다. 나는 "비둘기가 날아다니는 광장과 노천카페, 우리 둘 사이에 에스프레소 그리고 당신이 내 앞에 있다는 게 영화의 한 장면 같다"라고 대답했다. 그녀는 우리의 영화가 스릴러 영화가 아닌 로맨스 영화였으면 좋겠다고 했다.

나는 지금까지는 적어도 천만 관객이 볼 만한 로맨스 영화의 한 장면 같다고 했다.

영화 같은 낭만적인 식사를 하고 우리는 호텔로 돌아와 각자의 침대에 걸터앉았다. 그리고 말없이 천장만 바라봤다. 나는 용기를 내어 내 침대를 손으로 두드리며 그녀에게 내 옆으로 오지 않겠느냐고 말했다. 그녀는 침대가 너무 좁을 거 같다고 말했지만 나는 손을 그녀에게 내밀었다. 그녀는 망설이다 내 손을 잡고 내 침대로 건너왔다. 우리는 작은 침대에 누웠다. 그녀는 천장을 보며 콧노래를 불렀고 나는 그녀를 바라봤다. 그녀가 시선을 느꼈는지 창피하니까 보지 말라고 했지만 나는 이런 날을 오래 기다렸다며 그냥 보게 해달라고 말했다. 그 말을 듣자 그녀가 내 쪽으로 몸을 돌려 내 눈을 바라봤다. 우리는 말이 없었고 한참 동안 서로의 눈을 바라봤다. 눈빛으로 수많은 감정을 주고받았다.

그리고 우리는 조용히 키스했다. 마치 영원 같은 순간이었다. 그때 처음으로 누군가와 함께 살아보고 싶다는 생각이 들었고, 나는 그 누군가가 당신이었으면 좋겠다고 작게 말했다. 그녀는 그 이야기를 듣고 조용히 미소 지었고 자기를 잊지 않고 여기까지 만나러 와줘서 기쁘다고 했다. 우리는 서로를 껴안았고 서로의 숨소리를 듣다 잠이 들었다.

다음 날 그녀와 나는 미리 빌려둔 빨강 스쿠터를 타고 로마 중심가를 달렸다. 명성대로 로마인들의 운전은 괴팍했지만 우

리는 상관없었다. 왜냐하면 우리 둘 다 너무 행복했기 때문이다. 로마 시내를 한참 달리다 그녀에게 물었다. "뭐 하고 싶은 거 없어?" "당신은?"이라고 그녀가 되물었다. 나는 이곳에 당신을 만나러 왔기 때문에 특별히 하고 싶은 건 없다고 말했다. 그녀는 자기도 오로지 날 만나러 왔다고 말하며 웃었다. 그녀는 내게, "어디 안 가고 당신 옆에 있을 테니 걱정하지 말아요. 그런데 미술관에 가보는 건 어때요? 난 당신하고 미술관에 가보고 싶었어요"라고 말했다.

우리는 그녀가 가보고 싶어 하던 바티칸 미술관에 갔다. 몇 세기를 한자리에서 버텨낸 건물은 거대했고 근사하게 보였다. 전시실에는 건물보다 더 오래된 유물들로 가득 차 있었다. 우리는 슈퍼마켓의 간식 코너를 구경하듯 꼼꼼하게 몇 군데의 전시관을 둘러봤고 나머지는 산책하듯 손을 잡고 그곳을 걸어 다녔다. 그리고 산 피에트로 성당으로 가 〈피에타〉를 봤다. 가까이에서 보고 싶었지만 두꺼운 방탄유리로 막혀있어 멀리서 볼 수밖에 없었다. 그래도 조각상은 고귀해 보였다. 그때 그녀가 귀에 대고 이제 호텔로 돌아가자고 속삭였다. 그건 이제까지 들어본 말 중 가장 야하게 들렸다. 우리는 손을 잡고 카펫처럼 깔린 낙엽들을 밟고 호텔로 돌아왔다. 다시 침대에 누운 우리는 서로를 바라보며 '만약'으로 시작하는 질문을 하기 시작했다.

"만약 내가 게이라면 어떻게 할 거야?"

"만약 내가 결혼하자고 한다면 당신은 뭐라고 할 건가요?"

“만약 우리가 아이를 가진다면 몇 명을 낳고 싶어?”

“만약 우리가 어느 날 서로를 미워하게 되면 당신은 나한테 뭐라고 욕할 거죠?”

이런 식으로 서로에게 끝도 없이 질문했다. 그러다 서로의 몸에 딱 달라붙어 온기를 느끼며 잠들었다. 로마에 머물면서 우리

에게는 정해둔 식사 시간이나 뭘 하겠다는 계획 같은 건 하나도 없었다. 서로가 원할 때 끼니를 챙겨 먹고 빨강 스쿠터를 타고 광장이고 언덕이고 목적지도 없이 작은 골목들을 싸돌아다녔다. 로마에 머무는 동안 우리는 쇼핑도 하지 않았고, 소문난 관광지도 가지 않았다. 우리는 거의 호텔이나 카페에서만 머물렀다. 그곳이 우리의 로마였다.

며칠 뒤 우리는 마치 수 세기 동안 알고 있었던 것처럼 자연스럽게 그리고 당연하듯이 섹스를 했다. 그녀의 몸은 부드러웠

고 좋은 향기가 났다. 나는 그 향기를 더 깊게 맡기 위해 그녀 몸에 얼굴을 묻었다.

새벽에 눈을 뜨니 내 앞에 그녀가 태아처럼 구부정한 자세로 잠들어있었다. 난 뒤에서 그녀를 안고 있었다. 우리는 깍지를 끼고 있었다. 그 모습이 샴쌍둥이 같았다. 나는 조심스럽게 그녀에게서 내 몸을 풀고 샤워실로 가서 소름 끼치도록 차가운 물로 샤워를 했다. 밖으로 나오니 그녀가 깨어 침대 끝에 앉아있었다. 그녀는 나를 보자마자 "배고파요"라고 말했다. 우리는 자주 가는 레스토랑으로 가서 많은 음식을 시켰다. 웨이터는 "파티 하기에는 이른 시간 같은데?"라고 말하며 미소를 지어 보였다. 음식이 차례로 나오자 우리는 대화도 나누지 않고 접시에 담긴 음식을 하나씩 비웠다. 그때 나는 우리의 로마가 이제 거의 끝나가고 있다는 걸 알았다. 그 생각을 하니 기운이 빠졌다. 겨우 만났는데 다시 헤어지기 싫었다. 그건 그녀도 마찬가지였다.

우리의 영화 같은 시간은 결국 끝났다.

일주일 뒤 그녀는 뉴욕으로 돌아가야 했다. 나는 이대로 그녀를 따라가고 싶었다. 서울에서 해야 할 일들 따위는 모두 잊어버리거나 회피하고 말이다. 그녀는 어른처럼 나를 달래고 어디서든 다시 만나자고 했다. 이른 아침 공항으로 갔다. 그녀의 비행기가 먼저였다. 그녀의 수속을 기다리면서 우리는 떨어지지 않고 붙어있었다. 이대로 로마 공항의 일부가 되고 싶었다. 나는 마지막 키스를 나누며 반드시 당신을 만나러 가겠다고 했다. 그녀도 나를 보러 서울로 오겠다고 했다. 그리고 그녀는 출국장 안으로 사라졌다.

출국장 안으로 사라지기 전 손 흔드는 그녀의 마지막 모습을 보자 아쉬운 마음이 밀려왔다. 그 아쉬움은 거의 슬픔에 가까웠다. 그녀가 사라지고 난 뒤에도 한참을 거기에 서있었다. 우리가 보낸 로마에서의 시간은 로맨스 영화 같았고 기분 좋은 꿈 같았다.

어쩌면 그때, 진짜 그녀를 따라 뉴욕으로 갔어야 했는지 모른다. 그럼 지금과는 다른 삶이 펼쳐졌을지도 모른다. 이후 우리에게는 개인적으로 많은 일이 있었고, 미친 듯이 바빴고, 각자의 일상에 파묻혀 살아가야 했다. 그 시간이 길어질수록 우리가 약속했던 '곧 다시 만나자'라는 말은 추상적인 언어가 되어갔다.

그렇게 몇 번의 계절이 바뀌고, 나는 그녀를 서서히 잃어갔다. 갑자기 불어왔다 금세 사라져버린 봄날의 바람처럼 그녀는 내 인생에서 사라져버렸다. 그녀에게 나도 그랬을 것이다. 우리 사이가 이렇게 된 건 그 누구의 잘못도 아니다. 인생에서 어긋남은 어쩔 수 없이 일어나는 법이니까. 붉게 물든 낙엽과 찬란한 햇빛에 덮인 로마에서 함께했던 시간과 우리의 사랑이 지금은 사라졌지만, 아무리 시간이 흐른다 해도 여전히 구전으로 전해지는 전설처럼 서로의 인생에 오래오래 남을 것이다.

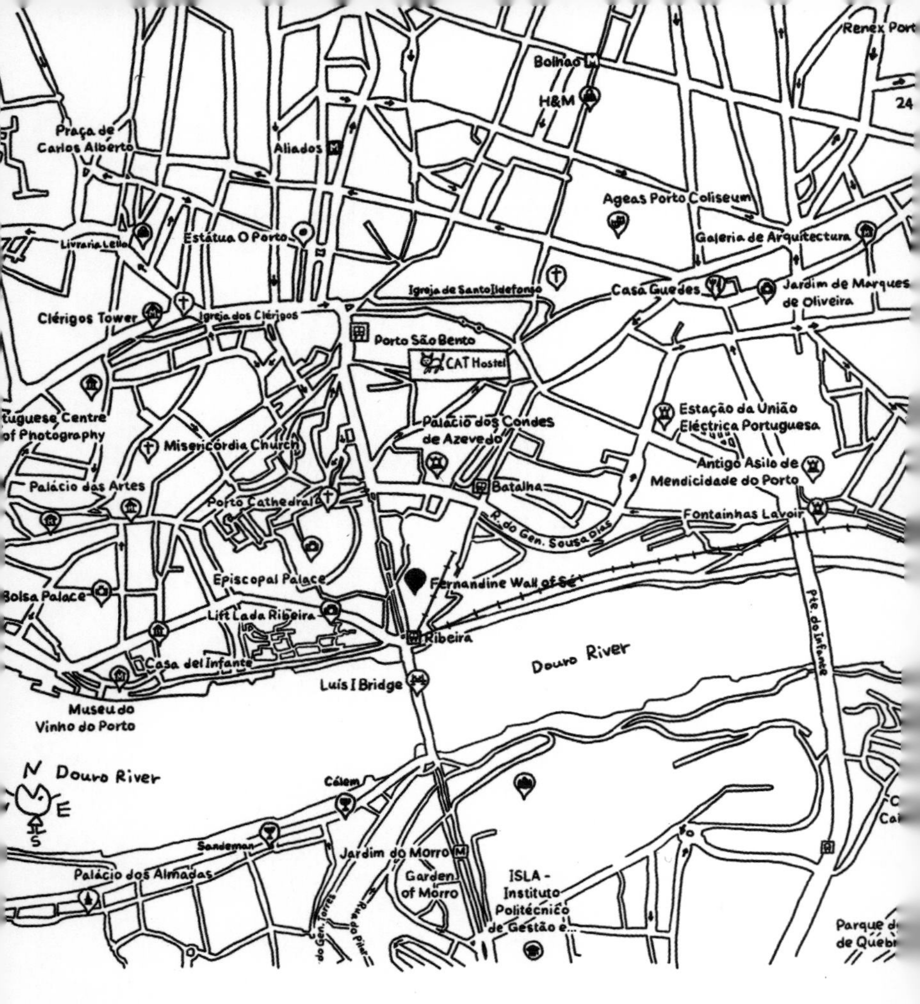

Porto, Portugal

13

에스프레소 한 잔만큼의 변화

포르투, 포르투갈

나는 책 대신 방문에 걸린 글들을 읽기 시작했다.

그 호텔에는 방마다 작가들의 이름이 방 번호 대신 적혀있었다. 첫 번째 방은 버지니아 울프, 그 옆방에는 가브리엘 G. 마르케스, 한 층을 더 올라간 계단 옆에는 예이츠, 맞은편 방은 톨스토이, 안톤 체호프, 밀란 쿤데라, 월트 휘트먼 등…. 그리고 내가 머무는 복도 끝 방의 이름은 '딜런 토머스'였다. 이름의 방에는 그들이 쓴 문구들이 붙어있었다. 방으로 들어갈 때 그리고 나갈 때마다 방문에 적힌 그들의 문장들을 읽고 지나갔다. 필기체로 적혀있어 읽기 힘들었지만 상상력을 동원해 의미를 이해하는 건 작은 기쁨이었다.

나는 내 방의 이름이 마음에 들었다. 하지만 딜런 토머스의 시를 읽어본 적이 없었다. 그렇기 때문에 그의 시를 좋아한다거나 팬도 아니었다. 그저 내가 자주 듣는 밥 딜런이 딜런 토머스를 좋아해서 자기 이름에 넣었다는 이야기를 알고 있었기에 호감이 있었다.

방에 들어가면 창문이 거리 쪽으로 나있었고, 그 창을 통해 포르투 시내의 전경을 내다볼 수 있었다. 때로는 방향을 잘못 잡고 날아온 갈매기들이 곡선을 그리며 공중을 날아가는 걸 볼 수 있었다. 그리고 창문을 열 때마다 오래된 나무와 나무가 서로 맞물리며 내는 묵직한 소리도 좋았다.

나는 매일 아침 쓸데없이 일찍 일어났다. 그 시간에 일어나는 건 늘 불만에 찬 표정의 청소부나 광장에서 그날 장사를 준비하는 근면한 상인들밖에 없었다. 나는 침대에서 튕겨 오르는 것처럼 일어나 방에 있는 세면대에 찬물을 받아 얼굴을 담그고 찬물로 샤워를 했다. 정신과 몸을 번쩍 깨우는 한기를 온몸으로 받아냈다. 매일 자기 전에 먹는 약은 아침에 머리를 멍하게 했기에 그 멍함을 깨우기 위한 일종의 의식 같은 것이었다.

호텔 밖으로 나오니 빗방울 가득한 회색 구름이 하늘 전체를 덮고 있었다. 오래된 성당을 지나 작은 공원으로 갔다. 거기에는 늘 오리들이 있었다. 어제 저녁에 먹다 남긴 빵 조각을 챙겨서 오리들에게 주고 그들이 먹는 걸 바라보며 이 도시가 참 평화롭다고 생각했다. 그 광경을 바라보고 나서 나는 광장으로 갔다. 거기에는 이른 아침을 먹을 수 있는 오래된 노천카페가 있었다. 이 도시에 머문 이래로 가장 자주 가는 장소였다. 늘 오렌지 주스와 막 구운 크루아상을 먹었는데 웨이터 할아버지는 그걸 기억하곤 주문하지 않아도 알아서 가져다주셨다. 그런데 그날은 할아버지가 착각했는지 오렌지 주스 대신 에스프레소를 가져다주셨다. 내가 할아버지에게 에스프레소가 아니라 오렌지 주스라고 말하려는데, 할아버지가 먼저 "아! 넌 오렌지 주스지?" 라고 말하며 자기 손가락으로 자신의 머리를 가리키며 "역시

늙었나 봐"라고 하며 웃어 보였다. 나는 "오늘은 이거 마셔보죠"라고 말했다. 그는 몇 번이고 괜찮으냐고 물었고 나는 그가 묻는 만큼 고개를 끄덕이며 괜찮다고 했다.

이 순간을 어쩌면 내 인생에서 가장 결정적인 순간 중 하나로 기억해야 할지도 모른다. 그 전까지 커피를 마셔본 적이 단 한 번도 없었다. 고집을 피운 것도, 공정하지 못한 커피 무역에 반대한다거나 하는 거창한 이유도 아니었다. 어쩌다 보니 삼십 대 중반까지 마셔볼 생각을 하지 못했다. 그러니까 그날이 내게는 '커피의 첫날'이었다. 정확히 날짜와 시간을 기억하고 있다면 좀 더 기념비적인 날이 되었을지도 모르겠다. 나는 작은 손잡이

가 달린 잔에 담긴 짙은 갈색 액체를 힐끔 바라봤다. 풋내기처럼 보이기 싫었다. 신중히 한 모금 마셨다. 쓰지만 고소한 향기가 있는 액체가 입안을 가득 채웠다. 그리고 조심스레 삼켰다. 한 모금 마셨을 뿐인데 그 강한 쓴맛에 나도 모르게 얼굴을 찡그리고 말았다. 그때 나는 이걸 다 마시지 못할 거라고 생각했다. 정말 내 취향이 아니었다. 같이 나온 크루아상을 먹었다. 갓 구운 따뜻한 빵에서 버터와 우유 냄새가 났다. 접시에 떨어진 조각을 주워 먹으며 나도 모르는 사이에 에스프레소를 다시 마셨다. 마치 영어 문법에서 to부정사 뒤엔 ing가 와야 하는 것처럼 에스프레소 맛은 크루아상과 딱 맞았다.

'이렇게 먹는 건가?' 하는 생각이 들었다. 그때 웨이터 할아버지가 다가와 커피 맛이 어떤지 물었다. 그에게 사실 커피는 처음이라고 했다. 그는 내가 인생을 모른다는 듯한 안타까운 표정으로 "이제까지 커피를 마셔본 적이 없다고? 진심이냐?"라고 물으셨다. 난 그에게 "그런 걸 거짓말할 리가 없잖아요"라고 말했다. 그는 나에게 커피와 담배는 인생 그 자체라고 말하며 각설탕 하나를 넣어주었다. 그는 나에게 "그냥 마셔도 상관없지만 설탕이 점점 녹으며 느껴지는 맛을 느껴봐"라고 말하며 담배를 권했다. 나는 커피 한 잔을 앞에 두고 신중하게 담배를 피웠다. 대단한 의식이라도 치르는 것처럼 말이다.

이때 옆에서 우리의 대화를 듣던 고풍스러운 중절모를 쓰신 멋쟁이 할아버지가 말했다. "이제 에스프레소를 한 모금 더 마실 때야!" 나는 그가 시키는 대로 한 모금 더 마셨다. 입안에 남아있던 담배 맛과 씁쓸한 맛의 에스프레소가 내 입안에서 서로를 끌어안듯 엉켰다. 무척 잘 어울리는 포옹이었기에 나는 미묘한 미소를 지었다. 웨이터 할아버지와 옆 테이블의 할아버지는 내 표정을 보고 자신들이 대단한 진실을 알려준 것처럼 뿌듯해했다. 두 사람은 우아해 보이지 않는 아메리카노는 진짜 커피가 아니니 앞으론 반드시 에스프레소를 마시라고 당부했다.

낯선 곳에서 새로운 무언가를 배운다는 건 신나는 일이다. 나는 그날 이후 하루에도 몇 잔씩 에스프레소를 마셨고 마시면 마실수록 느껴지는 특유의 풍미와 운치에 즐거움을 느낄 수 있게 되었다.

이게 몇 년 전 이야기다. 요즘은 거의 매일 두세 잔의 커피를 마신다. 그리고 기억한다. 이른 아침 노천카페에 앉아 에스프레소를 처음 마셨던 그날을 말이다. 만약 포르투가 아닌 다른 도시에서 커피를 마셨다면 그 맛과 운치를 느끼지 못하고 여전히 탄산음료나 과일 주스를 마시고 있을지도 모른다. 그 오래된 도시와 에스프레소 그리고 담배는 내게 완벽한 순간과 커피 한 잔의 여유를 선사했다.

천국의 맛이 있다면 어쩌면 포르투에서 마셨던 그 에스프레소 맛이 아닐까?

* 할아버지의 당부에도 불구하고 나는 우아하지 않은 아메리카노를 마시며 이 글을 쓰고 있다.

Calle Anima
Calle Castilla Pérez
Museo de Neria
Plaza de España
Plaza De España
Calle Diputación Provincial
Nerja Town Hall
Plaza de Cavana
Calle de Barrio
Calle Iglesia
Hotel Balcón de Europa
Calle Salon
Nude Beach
Balcon de Europe
N
W
E
S

Nerja, SPAIN

14

부드럽게 취한 밤

네르하, 스페인

여름날의 도시는 두 개의 얼굴을 가진 여신 같았다.

한낮에는 알제리나 모로코 사막에서 뜨겁고 건조한 바람이 불어오고, 작렬하다 못해 따가운 햇볕은 현기증을 나게 했다. 낮에는 햇살 때문에 밖으로 나갈 엄두도 내지 못하고 그늘진 곳으로만 찾아들게 했다. 어쩌다 밖에 나갈 때면 땀과 정체를 알 수 없는 체액으로 온몸이 흠뻑 젖었다. 그래서 거리에는 이곳에 온 지 얼마 안 되는 관광객들만 도시를 얼쩡거렸다.

그들은 해에 지배당한 도시를 뭣 모르고 다니다 가엽게 녹아 증발해버린다. 그러고 나면 도시는 한순간 모두가 떠나버린 텅 빈 도시가 되어버린다. 레스토랑도 상점도 문을 닫아버리고, 도시에는 어슬렁거리며 돌아다니는 길고양이조차 보이지 않는다. 사람들과 고양이들이 어디로 사라져 무엇을 하는지 알 수가 없다.

지중해의 끝자락에 있는 이 도시의 해는 늦게까지 지지 않는다. 밤 8시가 되어서야 어둠이 서서히 깔리고, 도시는 갑자기 분주해진다. 레스토랑들은 테이블과 의자를 밖으로 꺼내 광장과 거리를 차지하고, 닫혔던 상점들은 불을 밝히고 낮에 쌓인 먼지를 털어낸다. 그때쯤 약속이나 한 것처럼 사방의 거리에서 사람들이 쓰나미처럼 밀고 나와 도시를 빠르게 점령해버린다.

식은 바람이 시원하게 불어오면, 3층 발코니에서 도시가 서서히 활기를 찾는 광경을 매일 지켜봤다. 그건 아무리 봐도 질리지 않는 광경이었다. 그렇게 바라보다 더 어두워지면 가지고 온 옷 중 가장 깔끔한 옷으로 갈아입고, 최대한 멋을 내고 행렬 속으로 섞여 들어간다.

지중해의 밤은 언제나 풍요롭고 길어서 이곳 시민들은 서두르는 법이 없다. 그들은 항상 가는 단골 카페로 간다. 그날은 휴일을 앞둔 밤이라 유난히 사람들이 많아 빈 테이블이 없었다. 이제는 얼굴이 익은 웨이터 할아버지에게 얼마나 기다려야 하는지 물어봤지만, 그는 어깨를 들썩이며 모르겠다고 했다. 광장을 차지한 테이블에는 이제 막 음식이 나오고 있었다. 오래 기다려야 할 거 같았다. 아니 어쩌면 오늘 밤이 끝날 때까지 자리는 나지 않을 것 같았다. 대체로 여기 사람들은 거나하게 취해서 정신을 잃거나, 레스토랑에 식재료가 다 떨어질 때까지 자리를 뜨는 법이 없기 때문이다. 별다른 방법이 없어 다른 곳을 찾아가려는데, 웨이터 할아버지가 합석도 괜찮겠냐고 물었다. 그동안 팁을 넉넉하게 드린 게, 이런 순간 빛을 보는구나 싶었다. "Me Gusta(좋아요)"라고 답하자 그는 나를 중앙에 있는 테이블로 데리고 갔다.

거기에는 중후한 멋을 풍기는 부부가 와인을 마시고 있었다. 그들은 근사하게 입고 있었다. 남자는 챙이 달린 모자를 쓰고 아무나 소화하기 힘들다는 하얀 구두를 신고 있었다. 부인은 분홍색 투피스에 반짝이는 금발 머리를 우아하게 땋아 올렸고, 귀에는 진주 귀걸이를 하고 있었다. 나이가 들었지만 부부는 아름다웠다. 두 사람에게서 여유가 느껴졌다. 그들은 내게 자리 한쪽을 내어주고, 가벼운 인사를 하며 자신들을 소개했다. 부부는 모나코에서 휴가차 여기에 왔다고 했다. 남편이 내 잔에 와인을 따라줬다. 그다지 마실 마음이 없었지만, 자리를 내준 호의가 고마워 거절할 수 없었다.

우리는 날씨 이야기로 시작해 가족과 소소한 일상 이야기를 나눴다. 순간 그곳의 사람들이 만들어내는 왁자지껄한 소음도,

하얀 테이블보가 깔린 테이블 밑을 기웃거리는 길고양이도 그리고 우리가 나눠 마시는 술과 맛있는 타파스까지도 여유롭게 느껴졌다. 우리의 첫 잔은 두 번째 잔이 되었고 그 이후로는 세는 게 무의미할 정도로 잔을 기울였다. 술을 잘 못 마시는 나는 이상하게 전혀 취하지 않았다. 접시가 비워지면 새로운 음식이 나왔고, 잔이 비워지면 질량 보존의 법칙처럼 다시 채워졌다. 우리의 대화도 끝이 없었다. 그렇게 마시다 보니 날이 밝아있었다. 이제까지 본 적도 없고 앞으로도 다시 만날 일이 없을 우리가 밤새 몇 병의 와인을 비웠다는 게 놀라웠다. 너무 이른 시간이 되어서 우리는 자리에서 일어났다. 그리고 셋이서 광장을 가로질러 걸었다. 그 시간에도 사람들은 여전히 삼삼오오 앉아있었다. 광장의 끝에서 우리는 작별 인사를 나눴다. 하룻밤을 함께 보냈지만 아쉬움을 표현하거나 다음이라는 그 어떤 기약도 하지 않았다. 마치 만나고 헤어지는 게 늘 당연했던 것처럼 두 볼에 입을 맞추고 우린 서로의 길로 갔다.

바로 숙소로 가지 않고 지중해의 발코니로 가는 길을 걸었다. 분주하던 지중해의 밤은 끝나고 고요했다. 어느새 지중해가 훤히 내려다보이는 언덕에 도착했다. 사람들은 없었고, 몇 마리의 고양이 가족과 갈매기들만 있었다. 아직 파르스름한 어둠에 가려진 하늘을 바라보니 갑자기 취기가 올라 사방이 회전목마처럼 돌았다. 그동안 술을 마시면 졸리거나 몸이 무거웠는데, 이상하

게 몽롱하고 몸이 연체동물처럼 구불거리는 것 같았다. 기분이 좋았다. '사람들이 이래서 술을 마시나?'라는 생각이 들었다.

발코니 중앙에 있는 조각상에 기대어 앉아 해가 뜨는 걸 기다리다 뜨는 방향이 여기가 아니고 반대쪽이라는 게 생각이 났다. 그래도 별로 상관없었다. 마냥 만족스러웠다. 한참을 앉아있으니 고양이 가족 중 새끼 고양이가 내 옆으로 슬금슬금 다가왔다. 별로 경계하는 거 같지 않아 머리를 부드럽게 긁어주니 살며시 내 무릎 위에 앉았다.

어미 고양이는 그저 바라만 보고 있었다. 취한 나도, 고양이 가족도, 불어오는 바람도, 지중해가 내려다보이는 것도 그리고 내가 취해 거기에 있다는 것까지 모두 완벽한 순간이었다. 그렇게 나는 고양이 가족과 함께 바다로 향해있는 돌고래 동상에 기대어 날이 밝아올 때까지 앉아있었다. 일출을 볼 수 있다면 랭보의 시 〈영원〉을 읊고 싶었지만 그걸 못 한 게 조금 아쉬울 뿐이었다.

> 나는 보았다.
>
> 무엇을?
>
> 영원을…
>
> 그것은 태양과 뒤섞인 바다.

깨어있는 남반구의 인간 중에 내가 가장 완벽한 순간을 누리고 있는 사람이라는 생각이 들었다.

시간이 흘렀어도 그 새벽처럼 내가 완벽하게 취한 적은 없었다. 그래서 나는 때때로 그게 아쉽다. 혹시 그렇게 취한 날이 다시 찾아올지 몰라 당장 마시지 않을 와인을 가끔 산다.

그 밤, 부드러운 천국에 안겼다.

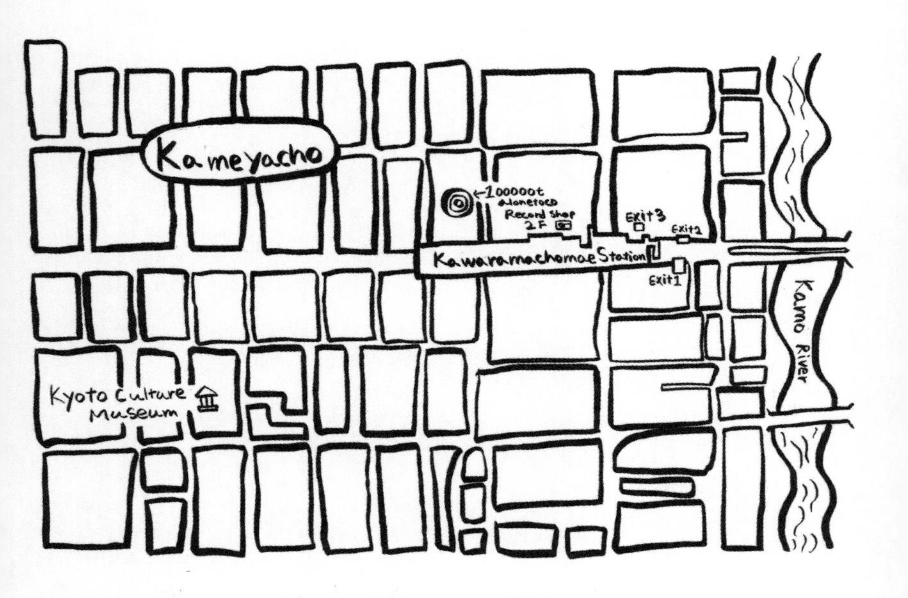

100,000t Record Shop_Kyoto, Japan

15

인생은 재즈, 재즈 그리고 로맨스

교토, 일본

그곳은 최근에 지어진 세련된 건물들 틈에 초라하게 자리 잡은 오래된 4층짜리 건물 안에 있었다. 건물 안으로 들어가면 요즘은 어지간하면 찾아보기 힘든 바로크 양식의 나선형 계단이 4층까지 이어져 있고 그 중앙으로 침침한 샹들리에 조명이 달려있었다. 그리고 입구부터 4층 계단까지 색이 바랜 붉은 카펫이 깔려있었다. 그 고풍스러운 계단을 따라 3층을 올라가면 복도를 따라 사무실들이 줄지어있었는데 하나같이 똑같은 갈색 나무문으로 되어있었다.

나는 그녀가 적어준 주소를 확인하고 복도를 따라 맨 마지막에 있는 문까지 갔다. 마치 스티븐 킹의 소설 《샤이닝》에 나오는 음울한 호텔과 비슷한 풍경이었다. 만약 밖에 '존 콜트레인'의 포스터가 없었다면 분명 그 복도에서 헤맸을 것이다. 누가 봐도 절대 이곳은 레코드숍이 있을 곳이 아니고, 있어서도 안

될 것만 같은 장소였다. 아무도 오지 못하게 일부러 꽁꽁 숨겨 뒀다고 생각할 수밖에 없는 장소였다.

그리 대단한 곳은 아니었다. 여기 말고도 이 도시에 이 정도 규모의 음반숍이 적어도 대여섯 군데는 있었다. 하지만 이 도시 토박이인 그녀가 내가 반드시 가봐야 할 곳으로 이곳을 제일 먼저 꼽으며, "네가 재즈 음악을 좋아한다면 그곳에 가봐야 해"라고 말했다. 그래서 나는 이곳에 오게 되었다. 갈색 나무문을 열고 들어가니 복도보다 밝은 빛이 그 안에 있었다.

가게 안에는 주인으로 보이는 남자가 카운터에 앉아서 종이 박스를 포장하고 있었다. 그는 그리 나이 들어 보이지는 않았지만 꽤나 평범한 얼굴을 가지고 있었다. 내가 가게 안에 들어갔을 때 그는 놀란 표정으로 나를 바라봤다. 마치 절대 오지 말아야 할 곳에 온 것처럼 말이다. 어색한 일본어로 인사를 하니, 그도 내게 인사를 건넸다. 나는 가게 중앙에 있는 레코드 진열대를 가리키며 구경해도 괜찮은지 물었다. 주인 남자는 여전히 의아하다는 표정으로 구경하라고 했다.

가게 안은 밖에서 봤을 때보다 넓었다. 직사각형의 공간에 'ㄴ' 모양의 레코드 진열대가 놓여있었다. 그리고 벽에는 각종 재즈 레코드가 미술관의 그림처럼 걸려있었다. 그곳에 있는 레코드들은 소중한 예술 작품처럼 비닐로 정성스럽게 포장되어

있었고, 모든 레코드마다 주인의 손 글씨가 담긴 태그가 있었다. 그 태그에는 레코드의 짧은 설명과 가격 그리고 레코드의 상태가 표시되어 있었다.

생각보다 레코드 컬렉션은 훌륭했다. 레코드들도 장르별로 나뉘어 있었고 모두 중고지만 하나같이 상태가 깨끗했다. 가격도 터무니없이 비싸지도, 싸지도 않았다. 아주 적당한 가격이었기에 그가 진짜 재즈 고수라는 걸 대략 짐작할 수 있었다. 나는 스탠더드 재즈 코너부터 시작해 모든 레코드를 살펴봤다. 그리고 그동안 구하기 위해 메모해뒀던 앨범 리스트를 보면서 내가 구하고자 했던 레코드가 있는지도 꼼꼼히 살펴봤다. 주인은 내게 인스턴트커피를 가져다주었다.

나는 리스트 중 몇 개의 앨범을 그에게 말하며 혹시 가지고 있느냐고 물었다. 사실 별로 기대하지 않았다. 지금까지 여러 레코드숍을 가봤지만 그것들을 쉽게 찾을 수 없었기 때문이다. 그런데 그는 이 중에 몇 장은 있을지도 모른다고 말하며 진열장으로 가 능숙하게 몇 장의 레코드를 찾아서 내게 건넸다. 이제까지 여행을 다니며 구하지 못했던 앨범들을 이곳에서 느닷없이 구하게 되어 기쁘고 놀라웠다. 그는 들어보겠느냐고 물었고, 난 그럴 수 있으면 좋겠다고 대답했다. 턴테이블에 레코드를 조심스럽게 올리고 플레이 버튼을 눌렀다.

이내 가게 안에 피아노 연주가 나지막하게 흘러나왔다. 그동안 음원으로만 들었던 연주를 실체가 있는 레코드로 들으니 큰 감동이 밀려왔다. 주인에게 내 기분을 이야기하자 음악, 특히 재즈와 클래식은 레코드로 들으면 더 좋게 들린다고 말했다. 그리고 내게 재즈를 좋아하느냐고 물었다. 나는 무척 좋아하긴 하지만 듣기 시작한 지 그리 오래되지 않아 아직 잘은 모른다고 했다. 주인 남자는 음악은 지식이 아니니 많이 알 필요 없고 그저 좋은 음악을 들을 수 있는 마음과 귀만 가지고 있으면 된다고 말했다. 얼굴은 정말 재미없게 생기고 전형적인 오타쿠 같은 느낌을 주는 그가 그런 멋진 말을 하니 사람 자체가 달라 보였다.

그는 내게 의자를 권했다. 우리는 앉아서 재즈에 대한 이야기를 나눴고, 그는 자기가 좋아하는 몇 장의 앨범을 들려줬다. 그리고 내가 어떻게 자기 가게를 찾아왔는지 궁금해했다. 나는 친구가 소개시켜줬다고 말했다. 그리고 그에게 왜 이렇게 찾기 힘든 곳에 가게를 열었는지 물었다. 그는 손님이 오는 게 부담스럽기도 하고 아무나 와서 레코드를 만지는 것이 싫어서 일부러 이 장소를 골랐다고 했다. "그럼 장사하기 힘들지 않아요?"라고 물었다. 그는 웃으며 아내가 일을 해서 괜찮다고 했다. 너무 솔직한 대답에 어떻게 반응해야 할지 몰라 나도 따라 웃었지만, 자신이 하고 싶은 일을 하고 그걸 이해해주는 사람이 옆에 있다는 게 철없이 부러웠다. 우리는 몇 장의 재즈 레코드를 더 들으며 커피를 마셨다. 그러다 가게 유리창에 뭔가가 부딪히는 소리가 났다. 레코드들로 반쯤 가려진 창문 밖으로 소나기가 내리고 있었다.

음악 소리가 간간이 묻힐 정도로 빗소리가 크게 들렸다. 비가 내리고 재즈를 듣고 있으니 담배가 피우고 싶어졌다. 담배를 피우고 오겠다고 하니 그가 말했다. "밖에는 소나기가 내리고 '버드 파웰'의 아름다운 연주를 들으면 담배가 피우고 싶은 게 당연한 거죠." 그는 나에게 같이 피우자고 했다. 여름의 소나기 소리와 버드 파웰의 피아노 연주를 들으며 연달아 두 개비의 담배를 피웠다. 그 시간은 파웰의 피아노 연주처럼 뿌옇게 가게 안으로 퍼졌다.

음악이 끝나자 그는 턴테이블에 다른 레코드를 올리고 바늘을 조심스럽게 내려놓으며 "어쩌면 우리는 이 시대의 마지막 로맨티시스트일지 모른다"라고 이야기했다. 모든 사람이 스마트폰으로 음악을 듣지만 아직까지 우리는 불편을 감수하고 운

치가 있는 레코드로 음악을 듣는다는 게 더 고귀하지 않느냐고 물었다.

그의 말처럼 레코드로 음악을 듣는 일은 번거롭다. 턴테이블로 음악을 듣는다는 건 노래 한 곡을 듣는 게 아니고 앨범 전체를 듣는다는 것이다. 그리고 A면이 끝나면 B면으로 바꿔야 하고 무엇보다 레코드는 반드시 턴테이블이 있는 곳에서만 들을 수 있다. 그래서일까? 레코드로 음악을 들을 때 더 음악 소리에 집중을 하게 된다. 그의 표현을 빌리자면 '음악이나 들어볼까?'가 아니라 어떤 의식을 치르는 것처럼 음악에 더 집중해서 듣는다. 요즘처럼 그저 버튼만 누르면 되는 게 아니라, 레코드를 커버에서 꺼낸 후 턴테이블 위에 두고 조심스럽게 바늘을 레코드 위에 올리고

양쪽에 설치된 스피커 사이에 자리를 잡고 들어야 한다. 그런 수고를 해서일까. 레코드로 듣는 음악은 정말 다르게 들린다. 더 간절하게 들린다는 표현이 맞을 것이다.

비가 와서 그런지 가게에는 찾아오는 손님도 없었고 오로지 우리 둘만이 카운터를 사이에 두고 음악 이야기를 나눴다. 이렇게 음악만 집중해서 들은 건 꽤 오랜만이었다. 그날 우리는 빗줄기가 약해질 때까지 몇 장의 레코드를 더 들었고 몇 개비의 담배를 더 피웠다. 그날 여름비가 내리는 교토의 재즈 레코드숍에서 한가하게 재즈를 들을 여유를 가지고 있다는 게 꽤 행복했다.

밖에서 내리는 비처럼 그리고 매장에 흐르는 재즈처럼 그와 내 위로 천국도 함께 내렸다.

Yangshuo _ Guilin, China

16

늙은 공산주의자의 두 손

양수오, 중국

가게의 창문에는 먼지와 오랜 시간 햇살에 방치되어 색이 바랜 종이가 붙어있었다. 굳이 안을 들여다보지 않아도, 수상하게 보이기에 충분했다. 이곳에 들어갔다간 장기 하나를 털려도 이상하지 않을 거 같았다. 그래도 그냥 돌아가기가 아까워 가게의 오래된 철제문을 열었다.

가게 안은 7월의 쨍한 햇살조차 들어오지 못해 어두웠다. 열은 어둠에 익숙해진 눈으로 가게 안을 둘러보니 정면에는 마오쩌둥의 사진이 걸려있었고, 그 아래에는 마오쩌둥의 어록이 담긴 붉은 책이 놓여있었다. 세월이 많이 흘렀건만 여기만 시간이 멈춘 거 같았다. 그때 안쪽에서 발을 걷고 나이 든 남자가 걸어 나왔다. 그가 중국어로 나에게 뭔가 설명했지만 나는 전혀 이해할 수 없었다. 그 역시도 영어와 한국어로 떠드는 나의 말을 전혀 이해하지 못하는 듯했다. 그는 눈이 보이지 않았다. 그는 나를 내실로 안내했다. 내실은 그나마 작은 창이 있어 햇살이 들어오고 있었다. 그곳에는 오래된 철제 침대와 침구 장비가 있는 대나무 테이블이 있었다. 나는 그가 손짓하는 대로 눈치껏 옷을 벗고 침대에 누웠다. 서늘한 철제 침대에 눕자 그는 유난히 부드러운 손으로 내 온몸 구석구석을 만져보았다. 눌러도 보고, 머리채와 귀를 잡아당기기도 했다. 좋은 소를 고르는 것처럼 꼼꼼하게 상태를 살폈다. 그가 뭔가를 물었지만 역시 알아들을 수 없었다. 대신 나는 그의 손을 잡아 고관절 부위를 짚으며 아프다는 표현을 했다. 그가 중국어로 뭔가 설명하면서 내 척추 어딘가를 눌렀다. 아마도 그곳이 좋지 않아서 고관절이 아프다는 뜻 같았다.

본격적으로 마사지가 시작되자 나는 깜짝 놀라 소리를 질렀다. 그건 상상을 초월할 정도로 큰 고통과 감탄사가 나올 정도의 시원함이었다. 그는 초등학교 때부터 아파왔지만 정확히 어디가 아픈지 몰랐던 부위를 단번에 짚고, 마치 붉은 군대가 진격하듯 거침없이 마사지했다. 어찌나 시원했던지 나도 모르게 입에서 침이 흘러나왔다. 그렇게 그는 내 몸의 근육과 신경을 고통에서 해방시켰다. 그는 마지막으로 내 몸에 승리의 깃발을 꽂듯 침을 놓았고, 반동분자 같은 나쁜 피를 부항으로 모두 뽑아냈다. 볼 수 없는 그가 어떻게 정확한 지점에 침을 놓고 부항을 뜨는지 알 수 없었다. 하지만 그건 중요하지 않았다. 시대가 변한 마당에 여전히 자신의 철학을 지키는 늙은 사회주의자가 내 뼈와 근육 그리고 신경을 몸으로부터 분리했다가 다시 조립하는 게 경이로울 뿐이었다.

두 시간가량의 혁명적인 마사지와 치료가 끝나고 나는 새 시대의 인민으로 다시 태어난 것만 같았다. 그 개운함과 고통 없음에 그의 손을 잡고 '중화인민공화국 만세!' '마오쩌둥 동지 만세!'를 외치고 싶었다. 나는 엄지손가락을 치켜올리고, 그의 손을 잡아 번쩍 치켜올린 나의 엄지를 만지게 했다. 그제야 내 뜻을 이해했는지 처음으로 미소를 지어 보였다. 그리고 나는 그에게 마오쩌둥 사진과 작은 붉은 책에 대해 더듬더듬 이야기했다. 그는 내 말을 이해했는지 중국어로 마오쩌둥의 이름을 발음하며 엄지손가락을 치켜세웠다. 이미 시대는 변해 혁명도, 대약진운동도 모두 전설이 되었지만 그는 여전히 혁명 중이라는 생각이 들었다.

가게 밖으로 나와 숙소로 돌아가는 걸음걸이가 마치 구름 위를 걷는 것처럼 가벼웠다. 몸이 안 아프다는 게 이렇게 홀가분한 거라는 걸 나는 중국의 양수오에서 처음으로 느꼈다. 가끔 몸이 여기저기 아플 때마다 그의 부드럽고, 혁명적인 손길이 간절하다.

나는 고통에서 잠시 벗어나 봄날의 나비처럼 가벼웠고 고통조차 없다는 천국에 다녀온 거 같았다.

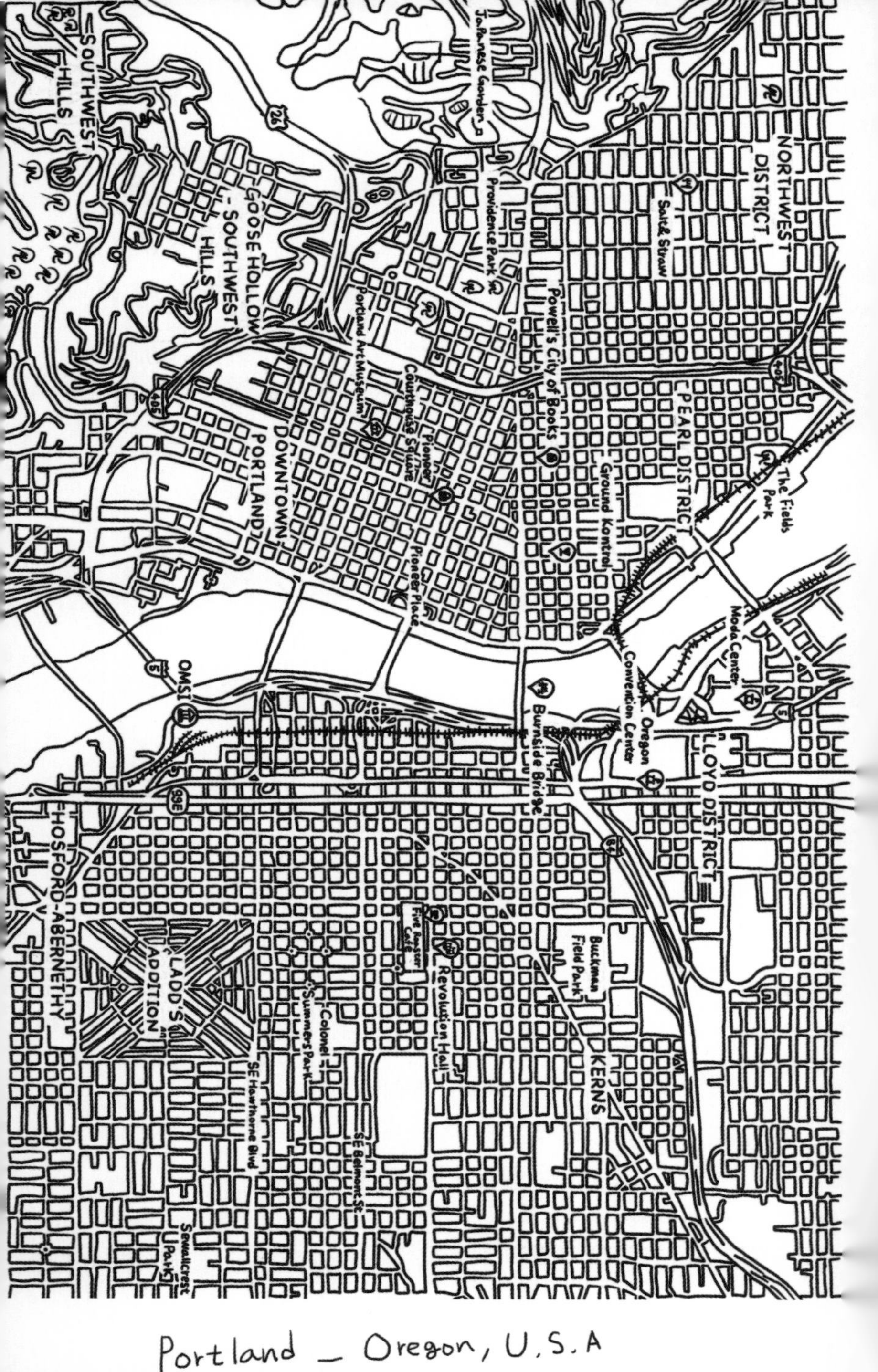

Portland _ Oregon, U.S.A

17

영감이 장맛비처럼 내리던 날들

포틀랜드, 미국

고생 고생 해서 쓴 글이

생각했던 방향과 전혀 다른 결론으로 가면 한마디로 X된 거다.

내가 전하려는 걸 사람들이 이해하지 못할까 봐

구구절절 설명하다 보면 문장이 길어지는데

그럴 땐 고치는 것보다 다시 쓰는 게 더 빠르다.

내가 똑똑하다는 걸 드러내고 싶어서

잘 모르는 어휘를 쓰기 시작하면

사람들은 즉시 책을 덮을 것이다.

글을 잘 쓴다는 걸 알리려고

미사여구나 형용사를 나열하기 시작하면

그 글은 제대로 구려지는 거다.

내 논리나 감정을 이해시키기 위해

억지로 문장을 끌고 나가면

태양계 밖으로 날아가 영원히 지구와 작별한 '보이저 2호'처럼
글도 다시는 본론으로 돌아오지 못하고 영원히 안녕 하는 거다.
아름답게 글을 잘 썼는데
거기에 감동이 없다면 굳이 책으로 낼 필요가 없다.
글을 쓰면서 읽을 사람들을 의식하는 데
더 많은 고민을 한다면 작가가 되지 않는 게 좋다.

포틀랜드에 사는 대부분의 사람들처럼 나도 다른 곳에서 왔다. 이 도시엔 토박이가 별로 없다. 사람들은 저마다의 꿈을 찾기 위해 다른 도시에서 이 도시로 몰려들었다. 언젠가부터 포틀랜드는 저마다의 개성을 존중하고 자신이 꿈꿔왔던 걸 이룰 수 있는 특별한 장소가 되어버렸다. 실제로 그런지는 모르겠지만 나도 나만의 영감과 문장을 찾아 두 달째 포틀랜드에 머물고 있다. 이곳으로 올 때 낱말들과 문장들 그리고 읽었던 책의 인용구들을 가방 한가득 짊어지고 왔다. 이 재료들에 포틀랜드의 영감을 더해 한 세기가 지나서도 읽히고, 언제든 서점에서 살 수 있는 책을 쓰려고 분투 중이었다. 글을 쓰다 보면 잘되는 날도 있고 더럽게 안 써지는 날도 있다. 대체로 안 써지는 날이 더 많다. 하지만 그 와중에

내가 생각해도 마음에 드는 문장을 쓰게 되면 난 바로 천국으로 간다. 그 천국의 느낌 때문에 나는 대부분의 지옥을 보낸다.

뉴욕, 엘패소, 로스앤젤레스, 포르투, 레이캬비크, 예테보리, 모스크바, 베를린, 취리히, 베이징, 방콕, 빠이, 파리, 오데사, 말라가, 포카라, 바라나시 등 많은 도시에서 작업을 해봤지만 포틀랜드 같은 곳은 없었다. 매일 글이 마법처럼 써졌다. 내가 카페로 글을 쓰러 가는 도중이나 자전거를 타고 산책을 할 때 갑자기 문장이 다가왔다. 그건 머리에서 나오는 게 아니고 불어오는 바람이나 마음속에 나도 모르게 잊어버린 채 있었던 것들이다. 그때 즉시 쓰기 시작한다. 마치 한숨을 내쉬는 것처럼 시원하게 써진다. 나는 포틀랜드라는 도시가 진짜 영감의 원천인 것처럼 끝도 없이 글을 썼고, 이제까지 시도해보지 않은 방식의 글쓰기도 해봤다. 하루하루가 육체적으로 힘들었지만 정신적으로 달콤했다.

늦여름 날의 포틀랜드는 화창했고 모든 것이 선명했다. 그때는 그런 날씨 때문에 쓸 수 있었고, 초겨울에는 비에 젖어 짙은 색으로 변한 도시 때문에 쓸 수 있었다. 그리고 대부분의 사람들이 카페나 공원, 도시 여기저기서 장소를 가리지 않고 앉거나 서서 아니면 드러누워 자신들의 방식으로 뭔가를 만들어내는 모습이 이 도시 전체를 작업실처럼 보이게 했다. 늦여름부터 초겨울까지 석 달이라는 시간 동안 그런 풍경 안에서 그 분위기에 휩쓸려 글을 썼다.

포틀랜드에는 분명 뭔가가 있다. 미국답지 않은 유럽의 신사 같은 분위기와 공기처럼 맑은 주민들, 1년에 100일 가까이 내리는 비, 새로운 것보다 낡은 것을 소중하게 대하는 마음, 조금 돌아가고 손이 더 가더라도 불평하지 않는 너그러움, 비난하는

것보다 칭찬하는 것에 익숙한 사람들 그리고 온전히 마음에서 우러난 배려가 포틀랜드라는 낡고 오래된 도시를 전 세계의 도

시들 중 더 특별하게 만드는 거 같았다.

이곳에 있는 동안 카페 창문으로 도시를 내다보며, 천국이라면 이 정도는 되어야 한다고 생각했다.

Bangkok
Kadwan
Pattaya
Roneam Daun
Sam Wildlife
Sanctuary
Krong Pailin
Tanintharyi
Sinbu
Kabin
Kanmaw
Bokpyin
Karathuri
Hankadin
Maliwan
Koh Tao
Koh Phangan
Koh Samui
N
W
E
S
Koh Phangan _ Thailand

18

우린 춤을 춰야 해

코팡안, 태국

온전한 정신만으로 살아갈 수 있을까?
정신을 바짝 차리고 실수하지 않고
남에게 피해 주지 않도록 배려하며 살아갈 수 있을까?
나 자신도 상처받지 않도록 주의하고,
한 번이라도 실수하면 돌이킬 수 없으니
긴장하며 주위를 살피고 살아갈 수 있을까?

사는 건 원래 재미가 없는 걸까?
고난의 굴레에서 벗어나려면
매사 긍정적으로 생각해야만 할까?

그런데…
그게 마음먹는다고 해서 되는 건 아니지 않은가?

그곳에 가면 나를 둘러싸고 있던 껍데기가 깨지는 기분을 느낄 수 있다. 그건 성스럽거나 거룩한 깨달음이 아니었다. 내가 이제까지 말하던 방식이 아닌 것처럼 말하고 행동하며, 주변의 시선 때문에 하지 못했던 것들을 하면서 자신을 놓아버리는 것이다. 그러고 나면 홀가분함을 느낄 수 있다. 자신을 놓아버리는 건 쉽지 않지만, 그곳에선 가능하다.

그곳은 코팡안의 풀문 파티다. 풀문 파티가 시작한 건 20년이 넘었다. 처음에는 작은 파티였다. 코팡안 핫린 비치에 있는 몇 개의 노천 바에서 시작했다. 하지만 현재 풀문 파티는 거대해졌다. 30여 개의 바와 클럽이 700미터가 넘는 해변에서 매월 보름달이 뜬 날 밤에 시작해서 해가 뜰 때까지 파티를 연다.

그곳에는 술과 불, 음악과 금지된 약물 그리고 전 세계에서 이 파티만을 즐기기 위해 온 사람들로 넘쳐난다(평균 7,000명). 혼자 가도 좋고 그룹으로 가도 괜찮다. 어차피 혼자가 오면 둘이 될

테고 여럿이 오면 그 혼돈 속에서 혼자가 될 게 분명하니까.

해변에서 이뤄지는 파티기에 그다지 지켜야 할 규칙 같은 건 없다. 그저 상식적인 에티켓이 있을 뿐이다. 예를 들어 쓰레기를 아무 곳에나 버리지 않는다거나 취해서 바다에 들어가지 않는 등등의 것들이다. 수많은 사람이 모이는 곳이기에 예상할 수 없는 위험도 분명 존재하지만 풀문 파티 기간에는 태국 경찰 수천 명이 이 섬에 상주하며 섬의 유일한 입구인 선착장부터 파티가 있는 해변까지 보안을 책임진다. 다행히도 그들은 신경질적이거나 권위적이지 않다. 다만 혹시 일어날지 모르는 사고를 예방하는 차원에 머문다.

모든 사람들은 신나서 꼭지가 돌아버릴 거 같은 얼굴을 하고 있다. 그리고 대부분의 사람들은 취해있다. 해변에선 병에 든 술과 음료는 반입이 금지되어 있기 때문에 해변 곳곳에서 플라스틱 바구니에 다양한 종류의 양주와 얼음 그리고 섞어서 마실 음료를 세트로 판다. 반드시 파티에서 술을 마셔야 한다는 법도 없기에 그냥 알아서 즐기면 그만이다.

꽉 찬 보름달은 옛날부터 늑대 인간으로 변한다거나 개들이 이유 없이 짖는다거나 사람들의 혼을 뺀다는 믿음이 있다. 그래서인지 풀문 파티에 온 사람들은 모두가 뭔가에 홀려있는 것처럼 보인다. 그런 그들을 보고 있으면 현실에서 쌓인 스트레스나

각종 감정들을 리듬에 몸을 맡기고 밖으로 털어내는 거 같다. 하루만 사는 나방처럼 음악에 그리고 여기저기 타오르는 불에 이끌려 인간이 자음으로만 말하던 원시 시절로 돌아간다.

다양한 사람을 보고 춤을 추다 지쳐서 그대로 모래사장에 누워 사과 알처럼 둥근 달을 올려다봤다. 그때 본 보름달은 이제까지 봐왔던 것과 다르게 탐욕스럽게 그곳을 비추고 있었고 살면서 본 달 중 가장 거대하고 웅장했다.

나는 깊은 밤까지 해변에 머물면서 거기에 있는 사람들을 바라봤다. 그러다 알아차렸다. 내가 들리는 음악 소리에 맞춰 춤을 추고 있다는 걸.

나는 춤을 추는 것과 시끄러운 음악 그리고 많은 사람이 붐비는 곳을 싫어했는데 나도 모르는 사이에 나 자신도 그 안에 속해있었다. 그때 알았지만 나는 춤을 썩 잘 췄다.

풀문 파티에는 부끄러움과 가식 같은 건 없었고 모두 자신들에게 솔직했다. 그곳의 바다, 바람, 모래, 공기 그리고 달과 별들은 모두 아름다워 거기에 있는 사람들까지 모두 다 아름답게 보이게 했다.

거기가 천국이었다.

Sundhölin Swimming Pool_Reykjavik, Iceland

19

엄마에게 안긴 것처럼

레이캬비크, 아이슬란드

나는 아무도 없는 수영장에서
내가 팔을 뻗어 가르는 소리의 파동을 느꼈고,
눈 내리는 밤 야외 수영장에 둥둥 떠
끝도 없이 내리는 눈을 맞아본 사람이고,
폐 가득 숨을 크게 들이마시고 들어가
깊은 수영장 바닥을 무중력으로 걸어본 사람이며,
해가 지지 않는 밤,
그녀의 은색 머리칼에 맺힌 물방울이
태양에 반짝이는 걸 본 사람이다.
그리고 나는 암울하게 떨어지는 화산재를 뒤집어쓰며
화산이 비현실적으로 폭발하는 광경도 지켜본 사람이다.

그래서 내가 이렇게 글을 쓰고 있는지도 모른다. 아마 글이 아닌 음악을 했다면 뮤지션이 되었을 것이고, 만약 그림을 그렸다면 화가가, 춤을 췄다면 댄서가 되었을 것이다.

2010년 아이슬란드에서 봤던 광경과 그때 다가오는 감정들을 느껴본 사람이라면 누구라도 작가, 시인, 화가, 뮤지션… 그 어떤 예술가가 되었을 거라고 확신한다. 아이슬란드의 신비하고 오묘한 분위기에 이끌려 그곳에 찾아간 건 두 번이었고, 총 머문 시간은 3개월이었다. 그곳은 이제까지 가본 곳 중 가장 특별한 곳으로 기억에 남아있다. 아이슬란드를 떠올리면 거대한 피오르Fjord나 빙하 그리고 알록달록한 주택단지나 계속 끓고 있는 화산지대 같은 유명한 장소보다 시립 수영장들이 가장 기억에 남는다.

특히 레이캬비크 중심가에 위치한 시립 수영장이 간절하게 기억난다. 그곳의 이름은 아이슬란드어로 'Sundholl'이다. 해석하면 '수영장'이다. 마치 '우리는 수영장이니까 수영장으로만 평가받겠다'는 강단이 느껴지기까지 한다. 참고로 아이슬란드에는 도시 어디든 걸어서 15분 거리 안에 수영장이 있다. 수도 레이캬비크에만 총 여덟 개의 수영장이 있는데 모두 저마다의 이름을 가지고 있다. 하지만 이 '수영장'만 이름이 없다.

아이슬란드에서 유명한 건축가가 디자인했다는 이곳은 천장이 높고, 창이 천장에 가까운 높은 위치에 있어 흡사 감옥이나 북극해에서 잡아 올린 고래를 보관하는 창고처럼 보인다.

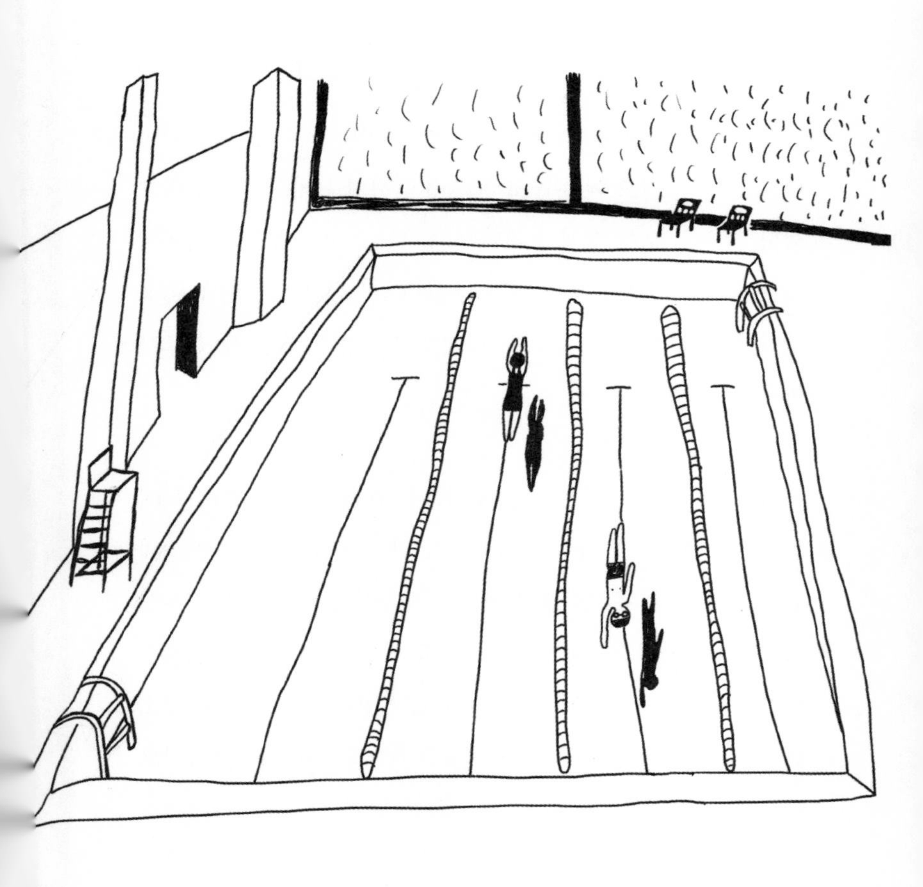

안에 들어가 보면 실제로 고래만큼 큰 50미터짜리 실내 풀과 25미터짜리 실외 풀 그리고 5미터짜리 점프대가 있으며 월 풀과 사우나까지 있다. 그래서 유리나 돔으로 이뤄진 일반적인 수영장을 생각하고 찾는다면 이곳을 절대 찾지 못하고 분명 지나칠 것이다.

만들어진 지 80년이 다 되었지만 몇 번의 보수 공사를 제외하고는 단 한 번도 외관 구조나 실내 디자인을 바꾸지 않았다고 했다. 그래서 모든 것이 오래되긴 했지만 깨끗하게 잘 관리되어 있었다. 특히 탈의실은 오래된 나무로 만들어져 있었는데 옷을 갈아입을 때마다 박물관에서 나체로 서있는 기분이 들어 묘한 짜릿함이 느껴졌다.

나는 아이슬란드에서 여름과 겨울을 보냈다. 겨울에 머물 때는 화산이 터져 두 달간 고립되기도 했다. 나는 매일 수영장에 갔다. 지친 육체와 혼돈으로 가득찬 마음의 긴장을 따뜻한 온천수가 채워진 풀에서 풀 수 있었다. 특히 밤 시간의 그 수영장은 내가 이제까지 가본 적 없고 앞으로도 가보지 못할 특별한 장소였다. 텅 빈 수영장에서 느껴지는 공간감과 몸에 닿는 물의 파동, 5미터 점프대에서 뛰어내릴 때의 아찔함과 내려놓음, 풀장의 타일 바닥까지 잠수했을 때 느껴지던 엄마의 자궁 속 같은 평화로움은 정말 현실과 동떨어진 곳에 있는 것만 같았다.

언젠가 그 수영장에 다시 돌아갈 것이다. 그리고 그때는 내가 그곳에서 느꼈던 모든 감촉과 기분을 아끼는 나의 사람들에게 느끼게 해주고 싶다.

West 4
St-Washington Sq Sta
A C E B D F M
Jones St
IFC Center
6th Ave
Blue Note Jazz Club
Comedy Cellar
Minetta St.
6th Ave
Macdougal St
W. Houston St
158 Bleeker Street "Bob Dylan's APT."
N. Washington Square
5th Av
Washington Square Arch
Washington Square Park
Grey Art Gallery
Skirball Center for the Performing Arts
NYU University
NYU University
NYU University
West 3rd Ave
NYU Stern Executive Education
Mercer St.
Washington Square Village APT.
Mercer Playground
Wooster St.
Broadway
Angelika Film Center &Cafe
Work Train Boxing Center
N
W
E
S
Greenwich Village _ New York, U.S.A

20

그들이 거기에 있었고, 그 다음은 나였다

뉴욕, 미국

밥 딜런, 조안 바에즈, 앨런 긴즈버그, 게리 스나이더, 잭 케루악, 윌리엄 버로스, 필립 글래스, 앤디 워홀, 벨벳 언더그라운드, 톰 웨이츠, 패티 스미스, 이기 팝, 찰리 파커, 디지 길레스피 그리고 지금은 전설이 된 클럽 '개스 라이트 카페'와 뉴욕 시립 도서관까지 모두 거기 있었다.

뉴욕 이스트 빌리지는 그들을 키워낸 집 같은 곳이었다. 숨이 막히고 미래가 없던 집에서 도망쳐 이곳 뉴욕 이스트 빌리지에 도착했을 때 그들은, 아주 젊었고 빈털터리였다. 그들이 가진 것이라곤 꿈과 열정 그리고 주체 못할 시간밖에 없었다. 끼니를 때울 돈이 없어서 밀크셰이크로 영양분을 보충하고 친구의 친구 집 혹은 아주 먼 육촌의 다락방이나 지하실에 얹혀 지냈다. 제대로 된 직업이 없었던 그들은 낮에는 주로 시립 도서관에서 신문이나 옥스퍼드 영어사전을 들여다보거나 딜런 토머스의 시를 읽고 우디 거스리의 음악을 들었다. 그리고 오후가 되면 '워싱턴 스퀘어 파크'나 '로어 이스트 사이드' 그리고 '소호'에 가서 바쁘게 지나가는 보통 사람들을 바라봤다. 이들의 행렬을 바라보며 자신들은 영원히 사회의 주류가 될 수 없고 그저 아웃사이더로 살아갈 것이라고 생각했다.

비록 가난했지만 그들은 자신이 초라하다고 생각하지 않았다. 오히려 그런 가난과 자학의 시간을 통해 많은 걸 배울 수 있다고 생각했다. 그들은 대학에서 배운 것보다 몸으로 직접 경험해서 얻은 것들이 더 가치 있다고 믿었다. 그렇다고 그들이 어딘가 모자라거나 게으른 건 아니었다. 그들은 정규 교육을 마쳤거나 일부는 중퇴하고 스스로 보헤미안의 길을 택한 사람들이었다. 그들은 자주 여행을 떠났다. 동에서 서로, 서에서 멕시코로 어떤 이들은 선원이 되어 태평양을 건너 아시아까지 갔다. 그리고 언제나 바랜 책이 가득 든 가방을 메고 '이스트 빌리지'로 돌아왔다. 그런 그들의 책을 읽고 음악을 들으며 나는 내 청춘의 대부분의 시간을 보냈다. 그들이 쓰고 만들어낸 음악들은 학교에서 가르쳐주지 않는 것들이었다. 책임감 있는 자유로움과 자기 자신을 마주하는 법 그리고 세상의 본질을 보는 시선에 대해 생각하게 해줬다. 그리고 무엇보다 길 위에서 살아가는 자유로운 삶을 동경하게 만들었다.

그들 대부분은 현대 음악사와 문학계에 이름을 남겼다. 그들의 작품은 여전히 많은 사람에게 영향을 주고 지금도 사람들을 외로운 길로 불러낸다. 모두가 그들의 아이가 되었다.

나도 그들의 동네에 간 적이 있었다. 여행이기보단 그곳을 순례하고 싶었다. 나의 영웅에게 어떤 영감을 주어 그걸 음악과 글로 표현하게 만들었는지, 그곳이 궁금했다. 이스트 빌리지에 간다고 했을 때, 주변 사람들의 반응은 부정적이었다. 그곳은 마약 중독자나 부랑자들이 많이 모여 사는 위험한 지역이라 혼자 다니면 강도를 만날 수도 있고, 해가 지면 위험해서 밖으로 나갈 수도 없다며 내가 그곳에 머무는 걸 만류했다. 하지만 나는 내 고집대로 그곳에 갔고 방 하나를 단기로 빌렸다. 그곳에 머물면 조금이나마 그들과 가까워질 수 있을 거 같았고 그들이 느꼈던 걸 나도 느낄 수 있을지 모른다고 생각했기 때문이다.

겨울이 거의 끝나갈 때쯤이었다. 그래도 여전히 날씨는 을씨년스럽게 추웠고 자주 비가 내렸다. 가방을 들고 숙소를 찾아 이스트 빌리지를 헤맸다. 주소가 있었지만 봐도 어디가 어디인지 알 수가 없었다. 추운 날씨에 캐리어를 끌고 헤매는 것이 짜증이 날 법도 한데 이상하게 짜증도, 화도 나지 않았다. 물론 그 동네의 건물들은 낡고 더러워 보였지만 오히려 그것이 내가 기대하던 풍경과 비슷해 감동이 밀려왔다. 지나가는 사람들에게 주소를 보여줘도 잘 알지 못했는데, '밥 딜런'의 옛 집 건너편이라고 설명하니 그제야 정확하게 알려줬다.

그리고 이곳에서는 주소보다 카페나 바의 이름을 통해 가고 싶은 위치를 찾는 게 더 쉬울 거라고 충고해주기도 했다. 그들이 가르쳐준 방향으로 오니 건물 외벽이 온통 아이비 잎이며 줄기로 덮인 낡은 건물이 있었다. 내가 머물 곳이었다. 어쩌면 누군가는 너무 침울해 보이는 붉은 건물 모습에 기겁했을지도 모르지만 나는 그 분위기조차 마음에 들었다.

초인종을 누르니 오래된 나무문이 삐거덕하고 열리며 주인이 나와 날 반겼다. 그리고 바로 내가 머물 방을 안내해줬다. 작은 옥탑방이었다. 올라가는 층계의 천장은 어찌나 낮은지 키 작은 나의 머리가 닿을 정도였다.

그렇게 올라가니 메인 도로 쪽으로 난 작은 창문이 있었고, 먼지가 뽀얗게 쌓인 나무 책상과 스프링 소리가 나는 싱글 침대가 있었다. 그게 그 방에 있는 전부였다. 하지만 그것조차 마음에 들었다. 짐을 대충 풀고 거실로 내려가니 주인이 커피를 내려줬다. 그는 궁금해했다. 딱 봐도 관광객 같은데 왜 이런 곳에 머무는지 물었다. 난 주저함 없이 “그들이 여기에 있었으니까”라고 대답했다. 그는 물었다. “누가 있었는데?” 나는 미국 문학과 1960~1970년대 음악을 좋아해서 그들이 머물던 이곳을 실제로 와서 느껴보고 싶었다고 대답했다. 나의 대답을 듣고 그는 그런 이유로 여기까지 찾아온 날 흥미로워했다.

이런 대화를 나누면서 집주인과 나 사이에 머물던 어색했던 공기가 봄날의 따듯한 바람으로 바뀌는 걸 느낄 수 있었다. 그는 나를 마음에 들어 했고 지도를 펴 내가 반드시 가봐야 할 장소들을 표시해주며, "너의 순례에 도움이 될 거야"라고 말했다. 그날 밤 나는 설렘에 잠을 이루지 못했다. 그러다 어둠 속에서 일어나 창밖을 내다봤다. 거리에는 노란색 가로등이 켜져 있었고, 간간이 행인들이 지나가고 있었다. 내가 꿈에 그리던, 어둠에 덮인 이 동네를 경이롭게 바라봤다.

다음 날 아침부터 나는 부지런히 집주인이 표시해준 장소들을 다녔다. 다른 사람에게는 그저 오래된 아파트로 보일 수도 있지만 내게는 '밥 딜런'이 살았던 전설의 장소였고, 또 지저분하고 낡은 카페여도 내게는 '비트 제너레이션' 시인들이 매일 모여 자신들의 생각을 나눴던 곳이었기에 혼자 감탄했다. 그리고 커피를 마시며 어쩌면 그들이 앉았을지도 모르는 의자를 찾아 카페 안을 어슬렁거렸다. 나는 모든 의자에 앉아보기도 하고 테이블을 쓰다듬기도 했다. 다른 누가 본다면 변태 같은 짓이라고 했을지도 모르지만 난 아무래도 상관없었다. 그들이 여기에 있었다는 사실만이 중요했다.

'이스트 빌리지'에 머무는 동안 나는 자주 가는 카페가 생겼고 중고 음반 숍과 책방도 자주 드나들었다. 그리고 그곳에서 만난 낯선 사람들과 음악과 책에 대한 이야기를 나누며 친구가 되었다. 내 영웅들이 그랬던 것처럼 나도 그곳에서 노트를 펴고 뭔가를 끊임없이 적었다. 그렇게 하면 언젠가 나도 그들처럼 이 세상 어딘가에 있을 나 같은 사람을 놀라게 할 문장을 쓸 수 있을 거라 믿었기 때문이다.

나는 50일간 그곳에 머물렀다. 계절은 겨울에서 봄으로 바뀌었고 세상 모든 봄날이 그러하지만 이스트 빌리지는 활기차졌고 온 마을이 꽃으로 뒤덮였다. 떠나기 며칠 전 나는 집주인과 카페에 앉아 막 피기 시작한 꽃들 아래에서 커피를 마셨다. 그는 내게 물었다.

"수염을 길러보는 게 어때?"

"수염? 왜요?"

그는 웃으며 "여기 이스트 빌리지에 사는 사람은 모두 수염을 기르니까. 너도 이제 이곳의 주민이니까 수염을 길러야지"라고 말했다. 이제까지 수염을 길러볼 생각을 단 한 번도 하지 않았다. 수염을 기른 내 모습이 상상조차 되지 않았다. "수염이라…." 혼자 그 말을 되뇌어봤다. 입에 담는 것조차 생소했지만 다음에 올 땐 수염을 기르고 오겠다고 그에게 말했다. 그는 언제라도 다시 돌아오라고 했다. 우리가 봄날과 어울리지 않는 수염 타령을 하고 있을 때도 봄바람은 따사롭게 불어왔다. 이제 내 영웅들과 그들의 신전인 이스트 빌리지와 작별인사를 해야 했다.

집으로 돌아와 그때 찍은 사진 중에 내 뒷모습이 찍힌 사진을 봤다. 서점에서 만난 친구가 찍어준 기억이 났다. 문득 내 뒷

모습을 바라보다 나의 뒷모습도 내가 동경했던 모습을 하고 있다는 걸 알았다. 그리고 어쩌면 나도 세상에 남길 뭔가를 할 수 있을지 모르겠다는 생각이 들었다. 내가 어떤 사람이 될지 나는 여전히 알 수 없다. 하지만 그때처럼 동경하는 걸 지치지 않고 따라가다 보면 100퍼센트는 아니더라도 단 몇 퍼센트라도 현재와는 다른 모습이 되어있을 거라는 생각이 든다. 그것이 내가 바라는 전부다. 지금보다 나은 존재가 되는 거.

이스트 빌리지, 그곳은 나에게 천국의 일부였고 그곳에서 그들은 천사였다.

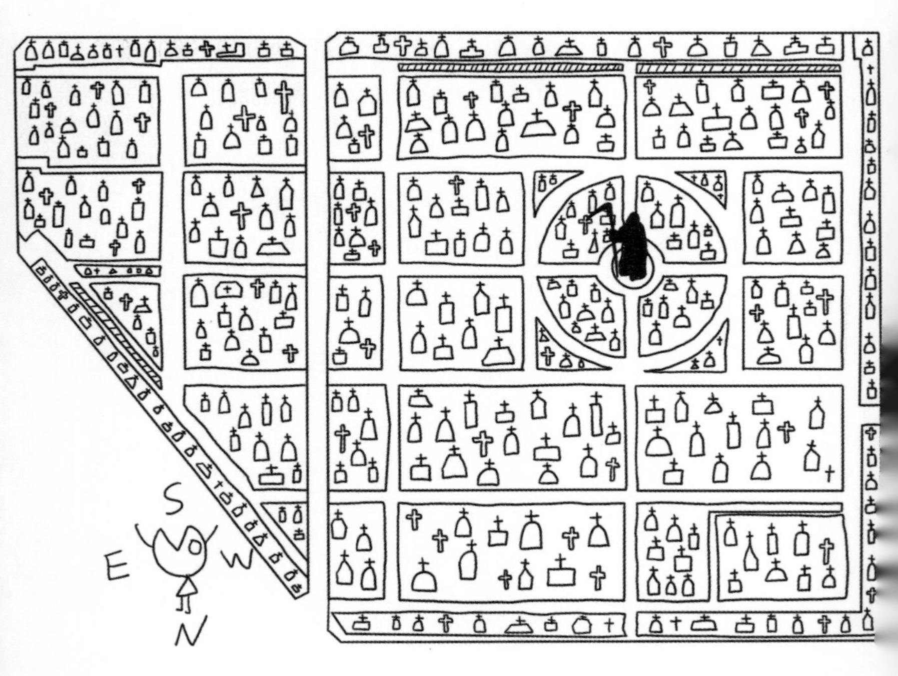

Montparnasse Cemetery _ Paris - France

21

우리가 만난 곳

파리, 프랑스

간밤에 마신 와인 탓에 속이 좋지 않았고 머리도 지끈거렸다. 그래서 맑은 공기도 마시고 산책도 할 겸 그곳에 갔다. 그곳은 도시 중앙에서 울창한 나무와 넝쿨들로 덮여있었다. 오전부터 내리던 빗줄기는 안개비가 되어 뿌옇게 내리고 있었다.

날씨 때문일까? 사람의 모습을 볼 수 없어 그곳은 버려진 비밀의 정원 같았다. 딱 한 번, 그곳을 관리하는 노랑 우비 입은 인부 두 명과 마주친 게 전부였다. 우산도 없이 맨해튼처럼 잘 구역화된 묘지를 걸었다. 묘지를 가로지르는 길을 따라 걷다 보니 짐 모리슨이 풀숲에서 나와 내 옆에서 함께 걷기 시작했다. 먼저 말을 건 건 그였다. 그는 나에게 "혹시 위드(대마초를 속되게 이르는 말) 가진 거 있어?"라고 물었다. "아니. 그런데 담배는 있지." 그는 약간 실망한 표정을 지었다. 나는 담배에 불을 붙이며 그에게 권했지만 "담배는 끊었어. 건강에 좋지 않거든. 차라리 담배보다 위드가 낫지"라고 말했다. 그의 말을 듣고 피식 웃었다. "여긴 왜 왔어?" 그가 물었다. "난 조용한 무덤가를 걸으면 불안한 마음이 차분해지더라. 그리고 묘비명을 읽다 보면 모르는 사람에 대한 사소한 것들을 알게 되서 그 사람을 조금 이해할 수 있게 되거든." "그래, 이 도시에서 가장 한가한 곳은 여기밖에 없으니까. 진짜 고요하지. 무엇보다 도시에서 이렇게 나무가 많은 곳도 없어. 이 묘지 담벼락만 넘어도 사람들로 넘쳐나니까." 그가 말했다.

공원은 아무도 빠져나가지 못하게 만든 미로처럼 되어있었다. 묘비들의 크기는 거의 규격화된 크기였고, 울창한 나무와 무성한 풀 때문에 길이 다 비슷하게 보였다. 나는 산책이라 특별하게 가고 싶은 곳이 없었다. 그래도 거기서 갈팡질팡하고 있었다. 모리슨도 말없이 나를 따라 갈팡질팡했다. 그렇게 걷다 그는, "그래도 여기가 꽤 유명한 곳인 건 알지? 나처럼 유명인들이 많이 묻혀있어. 그래서 은근히 찾는 사람들도 많아"라고 말했다. 한참을 무작정 걷다 보니 머리까지 숨이 차오르기 시작해서 근처에 있는 바위에 앉았다. 그런 나를 두고 그는 주변에 있는 묘비명을 소리 내어 읽기 시작했다. 너무 많이 읽어서 외워버린 것처럼 빠르고 정확했다.

"1846년 폐렴으로 주님의 품으로. 영원히 아름다운 아이야,
새가 집으로 날아들면 너라 믿을게. 어서 매일 날아와 주렴."

그는 한참 묘비명을 읽다 나를 돌아보며, "너는 묘비에 뭐라고 적을래?"라고 물었다. 나는 예전에 그것에 관한 글을 써둔 적이 있다고 하면서 아주 큰 묘비에 빼곡히 적을 거라고 말했다. 모리슨이 미소를 지으며 말했다. "욕심이 많네. 그런데 가장 강한 건 단 한 문장이면 충분해. 노래도 단 몇 개의 코드면 충분하거든." 난 그의 말에 아랑곳하지 않고 "아니, 나는 아주 구질구질하고 길게 그리고 디테일하게 쓸 거야. 내 인생은 한 문장으로 정의 내리지 못할 거 같아. 어차피 죽을 건데 누가 뭐라고 그러든 내가 알게 뭐냐?!"라고 말하며 자리에서 일어났다. 이번에는 작은 묘지 사이를 걸었다. "거기는 그나마 최근에 죽은 사람들의 묘지가 있는 곳이야." 그가 내 뒤를 쫓으며 말했다.

모리슨이 내게 물었다. "만나보고 싶은 사람 있어? 여기 묻힌 사람 중에서…."

"글쎄. 솔직히 당신을 만난 것도 내게는 큰 영광이고…. 사실 당신이 나타나서 많이 놀랐어. 당신의 음악을 들을 때마다 당신이 좀 신경질적이고 예민한 사람인 줄 알았거든. 그런데 만나보니 친절하네." 그의 헝클어진 머리카락 사이로 눈동자를 봤다. 그 눈빛은 꽤 익숙한 것이었다. 어릴 적 그의 그런 눈빛이 담긴 포스터를 방에 붙여둔 적이 있었기 때문이다.

그는 하얀 이가 보이게 씩 웃어 보이며,

"그럴 때도 있었지만, 지금은 아니야. 사실 여기서 쭈욱 외로웠거든."

"죽은 거 후회해?" 스물여덟살에 죽었을 때와 변함없는 얼굴을 가진 그를 보며 물었다.

"누구나 죽어. 나는 어쩌다 보니 그렇게 되었지만 살아있었으면 더 괴로웠을지도 모르지. 그리고 더 이상 하고 싶은 일도 없었어." 그는 헝클어진 앞머리를 쓸어 올리며 대답했다. 나는 말없이 고개를 끄덕이며 그렇게 미련도, 기대도 없다면 오히려 아름다운 모습으로 죽는 게 더 현명한 방법인지도 모른다고 생각했다.

우리는 새롭게 조성된 무덤가를 걸었다. 아무리 새 무덤이라 해도 그것들은 대부분 10년이 넘은 것들이었다. 모리슨이 다시 물었다. "정말 만나보고 싶은 사람 없어? 사르트르나 보부아르, 에밀 졸라 같은. 너도 알겠지만 여기에 꽤 유명한 사람들이 많아. 원한다면 만나게 해주지." 그가 말한 이름들 모두 아직까지 영향을 끼치는 대단한 사람들이었다. "만나봐야 할 이야기가 없을 거 같아. 사실 그들의 책도, 생각도 잘 이해하지 못하거든." 난 웃으며 말했다. 그도 따라 웃으며 "모두 구질구질하고 말도 많아. 어째서 죽어서까지도 말이 많은지 모르겠지만. 아무튼 재미있는 이야기하는 걸 본 적이 없어."

나는 그때 그녀의 이름을 떠올렸다.

"수전 손택 알아?"

"잘 알지는 못해. 그래도 그녀의 이야기를 들어본 적이 있어. 잠깐만…." 그는 그렇게 말하곤 어딘가로 가버렸다. 나는 그가 떠난 주변에 조각상으로 장식된 누군가의 묘지를 구경했다. 하늘을 응시하는 천사나 십자가 조각들에는 푸른 이끼가 자라고 있었고 돌들도 세월의 흐름에 따라 많이 풍화되어 색이 변해 있었다. 나는 그 느낌이 마음에 들어 사진을 찍었다. 그때 “사진은 의도하지 않아도 폭력적인 수단이 될 수도 있어요”라고 말하는 소리가 들렸다. 소리가 난 쪽을 바라보니 모리슨과 수전 손택이 있었다. 그녀는 덧붙였다. “찍는 행위와 찍히는 행위 모두 이해와 소통이 필요하죠.” 나는 고개를 끄덕이며 “책에서 읽은 적이 있어요. 당신 책에서 말이죠”라고 말했다. 그녀는 희미하게 미소 지어 보였다. 나는 그녀의 책 구절을 인용해서 “요즘 같은 이미지 시대에 어쩌면 총과 폭탄보다 강한 게 사진이죠”라고 말했다. 그녀는 나를 대견하다는 듯 바라봤다. 모리슨은 손택에게 “이 친구예요. 당신을 만나보고 싶다던”이라고 날 소개했다. 나는 그녀에게 인사를 했다. 그녀도 가볍게 고개를 끄덕여 인사를 했다.

안개비도 옅어지기 시작하더니 하늘의 구름은 여러 조각으로 나뉘어 비현실적으로 빠르게 흘러가고 있었다. 비에 젖은 묘비들은 선명하게 보였고 그곳의 나무들은 더욱 싱그러워 보였다.

나와 손택 그리고 모리슨은 나란히 그곳을 걸었다. 대화는 나누지 않았지만 같은 보폭으로 걷는 것만으로도 우리 사이에 공통점이 있다는 생각이 들었다. 묘지를 가로질러 내가 들어왔던 곳의 반대편인 북쪽 입구에 다다랐을 쯤, 난 두 사람에게 "같이 산책할 수 있어서 좋았고 대화를 나눌 수 있어서 영광이었어

요"라고 말했다. 그들도 즐거운 시간이었다고 했다. 나는 모리슨에게 "정말 당신의 노래처럼 사람들은 모두 이상한 걸까요?" 라고 물었다. 그는 내게 "사람들은 모두 다르잖아. 그런데 그 다름을 이해하고 받아들이기보다 밀어내고 자기 생각대로 억지로 끼워 맞추려고 하니까. 거기서 모든 갈등이 시작되는 게 아니겠어? 그리고 말이야, 보통 이런 날씨에 이런 곳에 오는 사람은 드물어. 그런데 넌 여기 왔지. 그러니까 너도 이상해"라고 말하며 내게 윙크를 했다.

손택은 내게 "살아있는 동안 더 많은 음악을 듣고, 더 많은 책도 읽어요. 그리고 더 많은 사랑을 해요. 그럼 여기로 올 때 알게 될 거예요. 나쁘지 않은 인생이었다는 걸"이라고 말하며 내게 손을 흔들었다. 나는 그들을 뒤로하고 출구 문으로 걸어가다 "혹시, 여기서 '오데옹' 가려면 몇 번 버스를 타야 하는지 알

아요?"라고 물으니, 손택은 "그건 산 사람의 문제니 직접 해결해요"라고 말하며 미소를 지어 보였다.

나는 두꺼운 쇠창살로 된 문을 지나 묘지공원 밖으로 나왔다. 앞에 있는 버스 정류장에서 한참 동안 버스 노선도를 들여다봤지만 몇 번 버스를 타야 할지 몰라 고민하다, 차라리 처음 묘지로 들어왔던 입구 쪽 정류장으로 가는 게 더 빠를 것 같아서 다시 묘지 안으로 들어가려고 했다. 하지만 이미 작별 인사까지 했는데 그들을 다시 만나면 어색할 거 같아, 안으로 들어가지 않고 묘지를 둘러싼 석회석 담벼락을 따라 걸었다. 걷다 보니 내가 동경하던 두 사람을 우연히 만난 것이 꿈처럼 느껴졌다. 누군가에게 내가 이곳에서 그들을 만났다는 걸 말해도 분명 믿지 않을 거라는 걸 알기에 나는 혼자서 오늘 일을 소중히 간직하기로 했다.

비 오는 파리에서 나는 거의 천국의 문 앞까지 다녀왔다.

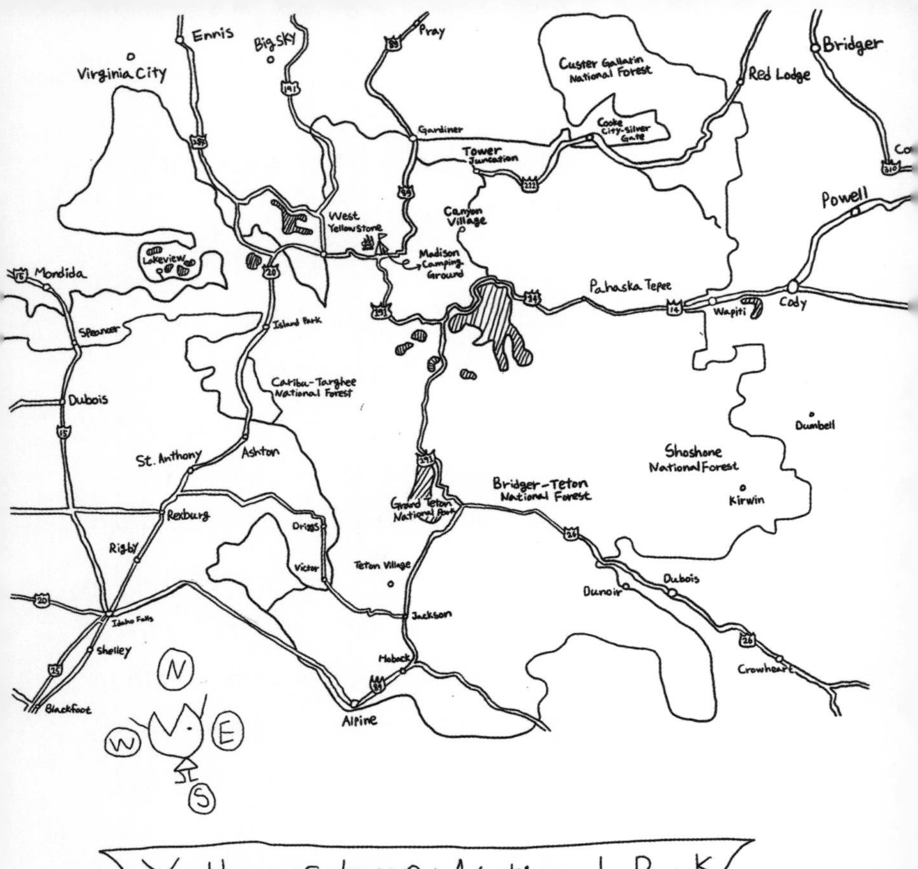

Yellowstone National Park

22

안개속에서만 보이는 것들

와이오밍, 미국

솔직히 들었던 평판과 달리 별거 아니었다.

세 개 주에 걸쳐있는 광활한 대지의 크기나 지구의 태초 모습을 간직하고 있는 간헐천, 특이한 지형과 암석들 그리고 야생 동식물들의 가치가 굉장하다는 건 인정하지만 그런 것들이 내게는 큰 감동으로 다가오지는 못했다.

내가 이곳에 온 건, 10여 년 전 미국 일주를 할 때 병에 걸려 그냥 지나칠 수밖에 없었기 때문이다. 그리고 몇 년 전부터 불기 시작한 캠핑 열풍에 나도 동참해보고 싶었던 이유도 컸다. 도착하자마자 장작 세 박스를 샀다. 이틀을 머물려면 그 정도는 필요하다고 생각했다. 한여름이긴 했지만 산의 밤은 분명 추울 테고 추운 걸 못 참는 나는 부족함 없이 불을 피우고 싶었다. 무엇보다 캠핑의 재미는 불을 피우고 그 불 옆에 앉아 음악을 듣는 거라는 로망이 있었기 때문이다.

캠핑 오기 전 구매한 2인용 텐트를 꺼냈다. 설명서에는 아주 쉽게 설치할 수 있다고 설명하고 있지만 정작 텐트처럼 보이게 만드는 데 오랜 시간이 걸렸다. 그래도 완성하고 나니 뿌듯했다. 비록 남아서는 안 될 부속이 몇 개 남긴 했지만 그럭저럭 이틀은 버틸 수 있을 거 같았다. 아직 해가 떠있었지만 산에서의 어둠은 빨리 찾아오는 법이니 서둘러 불을 피웠다. 장딴지만 한 장작에 불을 붙이는 데 텐트를 설치한 시간보다 더 긴 시간을 들여야 했다. 불은 붙지 않았고, 뿌연 연기만 났다. 매운 연기로 온 얼굴이 눈물범벅이 되고 나서야 겨우 불을 피울 수 있었다. 어쨌든 준비를 끝내고 나니 주변이 어두워지고 있었다.

얼마 되지 않아 사방을 분간할 수 없을 정도의 어둠이 찾아왔다. 타들어 가는 장작을 멍하니 바라봤다. 한밤의 산에서 할 일이라고는 아무것도 없었기에 불이 꺼지지 않도록 장작을 끊임없이 불 속으로 넣기만 했다. 혼자는 항상 외롭지만 깊은 산속에서 혼자 하는 캠핑은 외롭다 못해 지독히 청승맞았다. 할 일 없이 늦게까지 장작이 타는 걸 바라만 보다 그것조차 지루해져 텐트 안으로 들어갔다. 텐트에서 새 운동화 냄새가 났다. 바닥은 울퉁불퉁하고 딱딱했다. 캠핑용품점 점원이 추천한 매트를 살 걸 하는 후회가 밀려왔지만 이제 와서 어쩔 수 없는 노릇이었다. 침낭 속에서 자는 내 모습은 도톰한 김밥 같았다. 역시 산속의 밤은 진짜 지독했다.

얼마나 지났을까. 눈을 떴을 때 텐트 안으로 들어온 습기와 찬 기운 때문에 온몸에 소름이 돋을 정도로 추웠다. 또 누군가에게 호되게 두들겨 맞은 것처럼 여기저기가 아팠다. 그런데다가 밤새 네 컷 만화 같은 단편적인 꿈이 계속되어 잠들 수가 없었다. 지독하게 긴 밤이었다. 다시는 캠핑 따위 하지 않겠다고 다짐하고, 또 다짐했다(아직까지 잘 지키고 있습니다). 이런 불편함도 캠핑의 로망 중 하나라고 할 수도 있겠지만 이따위 로망은 내게 필요 없었다. 세상에는 캠핑보다 더 설레고 로맨틱한 일들이 넘쳐나지 않는가? 겨울바람에 흔들리는 나뭇가지처럼 떨면서 여기 캠핑 온 걸 후회했다.

밖으로 나왔을 때 안개가 짙게 깔려있었다. 내가 구름 안에 있는 거 같았다. 얼빠지게 추워 불을 피우려 했지만 쉽지 않았다. 가스버너를 켜서 그걸로 몸을 덥혔다. 만약 누군가 내 몰골을 봤다면 정말 놀랐을 것이다. 침낭을 뒤집어쓰고 쭈그리고 앉아 가스버너에 불을 쬐고 있는 내 모습은 말 그대로 이 세상의 생물체처럼 보이지 않았을 것이다.

숲에서 맞이한 이른 아침은 고요하기만 했다. 아무 소리도 들리지 않았다. 그저 안개 속에 모든 것이 가려져 있었다. 아무 생각이 없었고 오로지 춥다는 생각만 들었다. 뒤에서 인기척이 나 돌아보니 뭔가가 날 바라보고 있었다. 그건 어린 사슴이었다. 그 녀석은 사심 없는 큰 눈망울로 날 바라보고 있었다. 나도 사슴에게 손을 조심스레 내밀어 보았다. 녀석은 나의 행동을 바라만 보고 있을 뿐, 특별히 경계하는 거 같지 않았다. 나는 계속해서 오라는 손짓을 했다. 어린 사슴은 주변을 경계하며 천천히 내게 다가왔다. 그것이 내 앞까지 왔을 때 나는 조심스럽게 머리를 쓰다듬어 주었다. 녀석은 피하지 않고 고개를 숙이며 내게 좀 더 다가왔다. 난 부드럽게 머리를 쓰다듬었다. 사슴은 나를 올려다봤다. 사슴의 큰 눈이 나를 보고 있었다. 아무런 의심 없는 눈이었다. 녀석의 몸은 부드럽지만은 않은 털로 싸여있었고, 뭉클한 온기가 느껴졌다. 내 앞에 놓인 가스버너의 불씨보다도 말이다.

캠핑장 관리사무소에서 야생동물이 다가와도 절대 먹을 것을 주지 말라는 안내서를 받았지만 뭔가 주고 싶은 마음을 억누르기가 힘들었다. 내가 사슴이었다면 분명 뭔가 먹을 걸 기대했을 것 같았다. 하지만 나에겐 마땅한 음식이 없었다. 그저 애정을 담아 계속 쓰다듬어 줄 수밖에 없었다. 우리는 한참을 그 상태로 마주하고 있었다. 그때 다른 사슴이 우리에게 다가왔다. 어미처럼 보였다. 어미는 새끼보다 더 조심성이 많아 가까이 오지 않고 적당한 거리에서 나와 새끼를 바라만 봤다. 내가 위협적인 행동을 하지 않자 어미도 우리 근처까지 왔다. 어미 사슴 뒤에는 새끼 사슴이 한 마리 더 있었다. 난 안개로 덮인 숲에서 세 마리의 사슴에게 둘러싸여 있었다. 나도 소리를 내지 않았고 그들도 아무 소리를 내지 않았다. 오로지 그들의 숨소리만 조심스럽게 날 뿐이었다. 안개가 서서히 걷히고 캠핑장에서 인기척들이 나자 사슴 가족은 숲으로 서서히 돌아갔다. 그들이 한 번만이라도 다시 뒤돌아 나를 봐주길 바랐지만 그들은 아무런 미련 없이 사라져버렸다. 난 다시 혼자가 되었지만 더 이상 춥지 않았다. 그리고 마음 바닥에서 평화로움이 솟아나는 게 느껴졌다.

다음 날에도 날이 밝아오기 전부터 그들을 기다렸다. 그들이 다시 찾아올 거라고 믿었기 때문이다. 먹이도 준비했다. 짙은 안개를 멍하니 바라보며 사슴 가족을 기다렸다. 하지만 그들은 오지 않았다. 안개가 썰물처럼 사라지고 하늘에 태양이 떠올랐을 때 나는 아쉬움을 남기고 숲을 떠나 다시 도시로 돌아갔다. 지금도 그때 생각을 할 때면 내 손에 남아있는 그 온기와 연약한 맥박이 느껴진다. 그때 그 이른 아침, 세상에 인간은 나만 유일했던 건 아닐까? 하는 생각을 하곤 한다. 그렇지 않고서야 어떻게 사슴 가족이 두려움 없이 내게 다가왔고 나와 함께 머물 수 있었을까?

그날 새벽 나는 사슴 가족과 천국 같은 평화를 누렸다.

23
그 책들은 천국에 있습니까

창전동, 대한민국

책이 늘었다.

얼마나 많았던지 200킬로그램은 거뜬히 버틴다는 선반 한 칸이 폭삭 내려앉았다. 나는 게으름의 랜드마크이기에 한동안 그 상태로 방치했지만, 하드커버로 된 필립 로스의 책들만 로라(개)가 물고 다니는 걸 보니 이대로 둬서는 안 되겠다는 생각이 들었다. 이 기회에 선반도 다시 달고, 대대적인 책 정리를 한번 해보기로 마음먹었다. 분류 기준은 명확했다. 언젠가 다시 읽을 거 같은 책과 절대 읽지 않을 책 그리고 가지고 있는 것만으로 폼나는 자랑용 책. 이렇게 분류해보기로 했다. 정리해보니 대략 1,000여 권 정도의 책을 가지고 있었다. 그중 다시 읽을 거 같은 건 200권, 자랑용은 400권 정도였다. 나머지 400권은 없으면 무소유를 실천할 수 있게 할 것들이었다. 이 책들 중에 언젠가 읽고 싶어질 책들이 있을지 몰라 다시 살펴보는데,

'이런 책을 왜 가지고 있지?'

'이건 중고로도 팔리지 않을 거야.'

'왜 같은 책이 두 권이나 있지?'

'이 책을 선물한 건 누구였지?'

…….

책을 욕하고 있었다. 돈을 주고 산 것도 나, 두 권이나 산 것도 나였는데 말이다. 나의 끝도 없는 욕심이 미워졌다. 바닥에 쌓인 책들을 보니 기분이 별로였다. 나도 글 쓰는 일을 하는데, 내 책도 누군가에게 다시 읽을 일 없는 책으로 분류되거나 중고서점으로 팔려갔을 것이다. 그리고 글이 구리다며 어딘가를 떠돌고 있을 수도 있었다.

글 쓰는 일은 고귀하다. 그리고 그 글이 책으로 나온다는 건 환상적인 경험이고 인생에 있어서 기념비적인 일이다. 얼마나 팔리는지는 중요하지 않다. 자신의 이름 석 자가 인쇄된 책을 가지고, 그것이 서점에 진열되고 인터넷에서 검색이 된다는 건 대단한 영광이다. 다시 읽을 일 없는 책을 들춰보자 이런 생각이 들었다. '과연 이렇게 내 생각과 편의에 의해서 이것들을 정리하는 것이 맞는 걸까' 하지만 냉정하게 생각했을 때 내가 정리하기로 한 책들은 솔직히 예쁜 쓰레기들이었다. 굳이 책으로 나오지 않았어도 상관없을 것들이었다. 왜 이런 책이 만들어지고, 팔리는지 그리고 대체 이런 작가들은 출판사가 어디서 찾아

내는지 궁금했다. 사는 사람이 있으니 그런 책들이 나오는 건 당연한 일일 것이다. 현재 우리는 책이 안 팔리는 시대에 살고 있다. 그렇지만 이상하게도 과거보다 더 많이 인쇄되어 나오고 있다. 정말 이해할 수 없는 세상이다.

'정리한 책을 팔까, 어디에 기증이라도 할까' 생각하다 이런 고민을 해야 한다는 사실이 귀찮아졌다. 그리고 솔직히 그 책들이 미웠다. 누가 읽는 걸 보고 싶지도 않았다. 편의점에서 얻어온 박스에 책을 담았다. 열 박스가 넘었다. 4월이지만 여전히 추운 밤, 옥상에서 그 책들을 태웠다. 그것들은 정말 잘 탔다. 한 권, 한 권….

그러나 한 무더기 책들이 타는 모습은 그다지 유쾌하지 않았다. 어떤 사람은 이 책을 쓰기 위해 수많은 밤을 지새웠을 것이다. 그리고 그 책이 사랑받길 원했을 것이다. 오만 가지 생각이 머릿속에 엉켜들었지만 난 피도 눈물도 없는 냉혈한처럼 책들이 재가 될 때까지 바라봤다.

보통 제사가 끝나면 지방을 태우거나 제사에 사용했던 물건을 태운다. 그 의식은 지상에 있던 걸 더 좋은 곳으로 돌려보낸다는 의미다. 난 책을 태우며 이것들이 다시 원래의 문자로 돌아가서 더 좋은 글로 써지길 바랐다. 나의 치졸한 분노도 함께….

책이 타는 불씨는 천국이 아닌 지옥의 연옥 같았다.

RUSSIA
Saint petersburg
Arkangelsk
Vorkuta
Dudinka
Norilsk
Khatanga
Lena River
Yakutsk
Magadan
Petropavlovsk-Kamchataky
Okhostsk
Sea of Okhotsk
Okha
Moscow
Yaroslavl
Nadym
Vladimir
Nizhny Novgorod
Kirov
ural
Aldan
Lensk
Neryungri
Voronezh
Kazan
Perm
Surgut
Siberian
Komsomolsk-on-Amur
Vanino
Solestskaya Gava
Saratov
Samara
Yekaterinburg
Tobolsk
Tyumen
Tynda
Severobaikalsk
Yuzhno-Sakhalinsk
Chelyabinsk
Kurgan
Omsk
Tomsk
Krasnoyarsk
Lake Baikal
Skovorodino
Birobidzhan
Khabarovsk
Belogorsk
Bratsk
Taishet
Novosibirsk
Barnual
Blagoveshchensk
Fuyuan
Irkutsk
Ulan Ude
Chita
Ussuriysk
Zabaikalsk
Harbin
Naushki
Sufenhe
Vladivostok
N
E
W
S
Changchun
Sea of KOREA
Olgiy
Ulan Bator
Shenyang
JAPAN
독도
N. KOREA
MONGOLIA
Erenhot
Pyongyang
Seoul
CHINA
대한민국
Datong
Beijing
Yellow Sea
Jeju
Trans-Siberian Railway _ Russia

24

광활한 우주로 향하는 소리

시베리아 횡단열차, 러시아

며칠 동안 기차 안에만 있다 보니 과거, 현재, 미래에 대한 계산 착오가 생겨 현실감각이 사라지고 있었다. 오늘 날짜가 며칠인지, 여기가 어디쯤인지 그리고 얼마나 더 가야 하는지 알 수 없었다. 그래서 시베리아 횡단열차를 타고 가는 동안 나는 시간을 자주 확인하는 버릇이 생겼다. 하지만 시간 따위는 사실 이 횡단열차 안에서 아무런 소용이 없었다. 내가 재촉하지 않아도 때가 되면 열차는 종착지에 알아서 도착할 테니까.

베이징 역에서 시베리아 횡단열차를 마주했을 때 열차는 진짜 오래되어 보였다. 열차의 외관은 냉전시대의 다큐멘터리에서나 볼 수 있는 붉은 군대 탱크의 딱딱한 국방색이었다. 그래서 기차라기보다는 대륙간탄도미사일처럼 보였다. 그렇지만 나름의 투박한 아름다움이 느껴지는 튼튼한 기계였다. 뭔가 든

든해 보였다. 열차가 철로를 달릴 때 기차의 심장인 엔진에선 터질 듯한 소리가 났다. 소리만 듣는다면 시속 200킬로미터로 질주할 것만 같았지만 엔진 소리만 요란할 뿐 정작 빠르지는 않았다. 객실마다 등급이 있었다.

개인실부터 6인 침대칸 그리고 좌석으로 나뉘어 있었는데, VIP실인 개인실은 횡단열차의 맨 앞에, 그다음 6인 침대칸은 중간 그리고 맨 마지막 꼬리에는 좌석 객차가 있었다. 나는 6인실에 머물 예정이었다. 열차 한 량의 구역을 일곱 개로 나누고 한 구역마다 침대 여섯 개가 있는 구조였다. 그러니까 한 객차마다 42명이 타고 있었다. 열차 안의 모든 건 디자인보다는 효율성을 따져 만들어져 있었다. 불필요하게 만들어진 건 아무것도 없었다. 벽에 달린 옷걸이 하나까지 모두 필요한 것뿐이었다.

내 침대가 있는 객차에 외국인 여행자는 나밖에 없었다. 아무도 내게 말을 걸지 않았고 경계와 차가운 시선으로 나를 바라만 봤다. 며칠 동안 내게 말을 거는 사람은 아무도 없었다. 언어의 문제도 있었지만 외국인 여행객이 자신들만의 구역에 침범했다고 생각하는 거 같았다. 그렇지만 열차가 출발한 마당에 이제 와서 내릴 수도 없는 일이었다.

외로웠다. 그리고 무엇보다 정말 고독했고 지루했다. 분명 나는 거기에 있었지만 그들은 나를 없는 사람으로 대했다. 하지만 시간이 지날수록 그들과 나는 친해질 수밖에 없었다. 오랜 시간 그 좁아터진 곳에 함께 있다 보면 새로운 것에 흥미를 가지는 게 당연했다. 그들은 자신들의 이야깃거리가 떨어지자 이방인인 내게 흥미를 가지기 시작했다.

그들은 왜 외국인이 비행기가 아닌 이 횡단열차를 굳이 탔는지 그리고 어디까지 여행하는지를 궁금해했다. 그들은 내게 러시아어로 말을 걸어왔고, 자신들의 음식을 나눠줬으며 카드 게임에도 껴주었다. 그리고 손짓 발짓으로 함께 소통하면서 술도

같이 마셨고 담배도 나눠 피웠다. 3일이 지난 후에야 나는 그들 중 하나로 받아들여졌다. 언어는 제대로 통하지 않았지만 시베리아 횡단열차를 타는 동안 승객들의 이야기를 들을 수 있었고

결국 우리는 누구에게도 말하지 못했던 비밀들을 서로 나눴다. 밤 10시가 되면 객차에 모든 불이 꺼지고 승객들이 잘 준비를 했다. 그리고 누군가 먼저, "잘 자"라고 말하면 돌림노래처럼 객차 안에 있는 다른 승객들도 "잘 자"라고 말했다.

내 침대는 창가 쪽이었다. 밤새 창문으로 스며드는 시베리아의 얼어붙을 것만 같은 공기에 몸서리치며 잠들어야 했다. 거의 매일 밤 오랫동안 잠들지 못했다. 생각이 많아졌다. 철로를 달리며 열차가 주기적으로 내는 덜컹거리는 소리를 들으면서 옛날 생각을 했고 때로는 아직 일어나지 않은 일들에 대해 걱정했다. 그렇게 있다 보면 밤은 더 깊어져 가고 이 세상에 나 혼자만 남겨진 기분이 들었다. 그럴 땐 뒤집어쓴 이불에서 얼굴을 들어 창을 올려다보면 유리에 하얀 성에가 끼어 있었다. 소리가 나지 않도록 조심히 일어나 얼어붙은 창문의 성에를 닦아내고 밖을 내다보곤 했다. 까만 밤이라 아무것도 보이지 않았다. 그저 어둠만 거기 있을 뿐이었다. 그 어둠을 내다보며 우리가 살고 있는 이 지구라는 행성이 얼마나 외로운 곳인지에 대해 생각했다.

좀처럼 잠이 오지 않아 담배를 피우러 객차와 객차 사이에 연결된 통로로 갔다. 그곳은 천장이 뚫려 있는 곳이었다. 눈보라가 휘날리고 있었다. 바람도 몹시 매섭게 불었다. 담배에 불을 붙이려 했지만 바람 때문에 불이 잘 붙지 않았다. 그때 뒤에서 누군가가 불이 붙은 담배를 전해줬다. 내 담배에 불을 붙이고 다시 담배를 돌려주기 위해 돌아보니 그녀가 서있었다. 그녀는 경이로울 만큼 아름다운 코를 가지고 있었다. 태어나서 그렇게 완벽한 코는 본 적이 없었다. 마치 그리스 여신의 대리석 조각상 같았다.

나는 휘날리는 눈바람을 맞으며 그녀에게 고맙다고 말하곤, 바람을 맞지 않으려고 쭈그리고 앉아 담배를 피웠다. 그녀는 내게 왜 안 자느냐고 물었다. 나는 별로 자고 싶지 않다고 말했다. 그녀는 왜 자고 싶지 않으냐고 되물었다. 나는 횡단열차에서의 시간이 너무 소중한 것이라 한순간도 놓치고 싶지 않다고 말했다. 그녀는 이렇게 지겨운 열차가 뭐가 그리 소중하냐고 말하며 미소를 지어 보였다. "나에겐 처음 타는 횡단열차고, 언제 다시 탈지 몰라서 소중해"라고 말하니 그녀는 고개를 끄덕이며 어느 나라 사람이냐고 물었다. 나는 "한국"이라고 대답했고, "당신은?"이라고 물었다. 그녀는 먼 곳에서 왔다고 했다.

그녀는 모스크바에서 학교를 다니고 있고, 방학 때마다 집에 가는데 학교로 돌아갈 때도 역시 횡단열차를 타기 때문에 이제는 너무 지겹다고 했다. 아마 자신처럼 자주 타면 아주 지겨워질 거라고 말했다. 나는 그녀의 말을 듣고 자주 탈 수밖에 없다면 지겨워지는 게 당연하다고 대답했다. 그녀는 담배를 끄며 자신은 옆 객차에 있으니 나중에 심심해지면 놀러오라고 말하며 자신의 자리로 돌아갔다. 나도 다시 내 자리로 돌아와 침대에 누웠다. 온몸이 꽁꽁 얼어붙어 감각이 없었다. 자려고 얼굴까지 이불을 뒤집어썼다. 그때 기차가 요란한 기적 소리를 냈다. 아무것도 없는 시베리아 벌판에 끝도 없이 울려 퍼지는 그 소리는 까마득하게 들렸다. 우주선을 타고 광활한 우주 탐험을 하다 궤도를 이탈해서 지구로부터 점점 멀어져 결국 우주 미아가 된 막막한 기분이 어떤 건지 막연하게 알 거 같았다. 모스크바에 도착할 때까지 매일 밤 한밤중에 울리는 기적 소리를 기다렸다.

다음 날, 그날 밤 만났던 그녀에게 이런 기분을 들려줬다. 그녀는 기적 소리를 들어본 적 있지만 별다른 생각을 해본 적이 없다고 했다. 난 그녀에게 반드시 귀기울여 들어봐야 한다고 말해주며 오늘 밤 같이 들어보자고 했다. 그녀는 좋다고 말하며 밤에 자기 자리로 오라고 했다. 밤이 되고, 나는 그녀가 있는 객차로 갔다. 그녀는 앉아있다가 내가 온 것을 보고 자리를 만들어줬다. 우리는 언제 울릴지 모르는 기적 소리를 기다리며 말없이 앉아있었다. 그러면서 나는 그녀의 완벽한 코를 힐끔힐끔 쳐다봤다. 그녀는 그런 시선을 느꼈는지 왜 자꾸 쳐다보느냐고 물었다.

"이상하게 들릴지 모르지만, 네 코는 이제까지 내가 본 코 중에서 가장 완벽해"라고 그녀에게 말했다. 그녀는 한 번도 코에 대해 생각해본 적이 없다고 말하며 자신의 코를 매만졌다. 그런 대화를 나누고 있을 때 기적 소리가 났다. 연달아 세 번이 울렸고, 그녀는 그 소리에 가만히 귀를 기울였다. 그러다 내 얼굴을 바라보며 말했다. "조금 다르게 들리긴 하지만 네가 말한 게 느껴지지는 않는데?" 나는 "사람마다 느낌은 다르니까"라고 말했지만 내심 아쉬웠다. 기적 소리를 들으며 느꼈던 까마득하지만 평화로운 기분을 그녀에게도 전해주고 싶었기 때문이다.

불쑥 아이디어가 떠올랐다. 나는 그녀에게 잠시 자리에 다녀오겠다고 말하고 자리를 떴다. 이어폰을 챙겨와 그녀의 한쪽 귀에 끼워주고 다른 한쪽은 내 귀에 꽂고 노래를 켰다. 데이비드 보위의 〈space oddity〉가 시작되었고, 우린 말없이 노래를 들었다. 노래가 끝나고 그녀에게 가사에 대해 이야기를 들려줬다. "톰 소령이 로켓을 타고 우주로 나가서 기지국과 통신을 하는 내용인데, 사고인지 자신의 의지인지 모르지만 톰 소령이 우주 미아가 돼서 먼 우주로 날아가는 내용이야." 그녀는 슬픈 내용이라며 다시 한번 들어보자고 했다. 우리는 불 꺼진 객차 침대에 앉아 그 노래를 반복해 들었다. 노래가 끝나자 그녀는 담배를 피우러 가자고 했다. 우리는 객차와 객차 사이로 가서 서로 마주보며 담배를 피웠다. 그녀가 말했다. "기적 소리만 들었을 때는 느낌이 안 왔는데, 데이비드 보위의 노래를 듣고 기적 소리를 들으니 한 번도 느껴본 적 없던, 까마득하게 아련한 기분이 어떤 건지 알 거 같아." 이 세상에서 오로지 우리 둘만 그걸 느낀 게 특별하다고 생각했다. 그날 밤 이후 우리는 매일 밤 기적 소리를 들었고 데이비드 보위의 노래도 몇 번이나 반복해서 들었다.

9일째 되는 새벽, 시베리아 횡단열차의 종착지인 모스크바역에 도착했다. 헤어지기 전 우리는 모스크바 역 앞에서 메일 주

소를 교환했고 몇 해 전까지 소식을 주고받았다. 우리는 서로의 일상 속에서 횡단열차의 자정의 기적 소리처럼 서로에게서 사그라졌다. 가끔 시베리아 횡단열차를 떠올리면 그때 들었던 까마득하고 아득한 기적 소리와 코가 예뻤던 그녀가 생각난다. 언젠가 시베리아 횡단열차를 다시 탈 수 있을지 모르지만 다시 타게 된다면 그땐 혼자가 아니라 사랑하는 사람과 함께하면서 그 기적 소리와 데이비드 보위의 노래를 들려주고 싶다.

그리고 이 소리 끝에 천국이 있다고 알려주고 싶다.

이 소리들은 분명 천국까지 닿을 것이다.

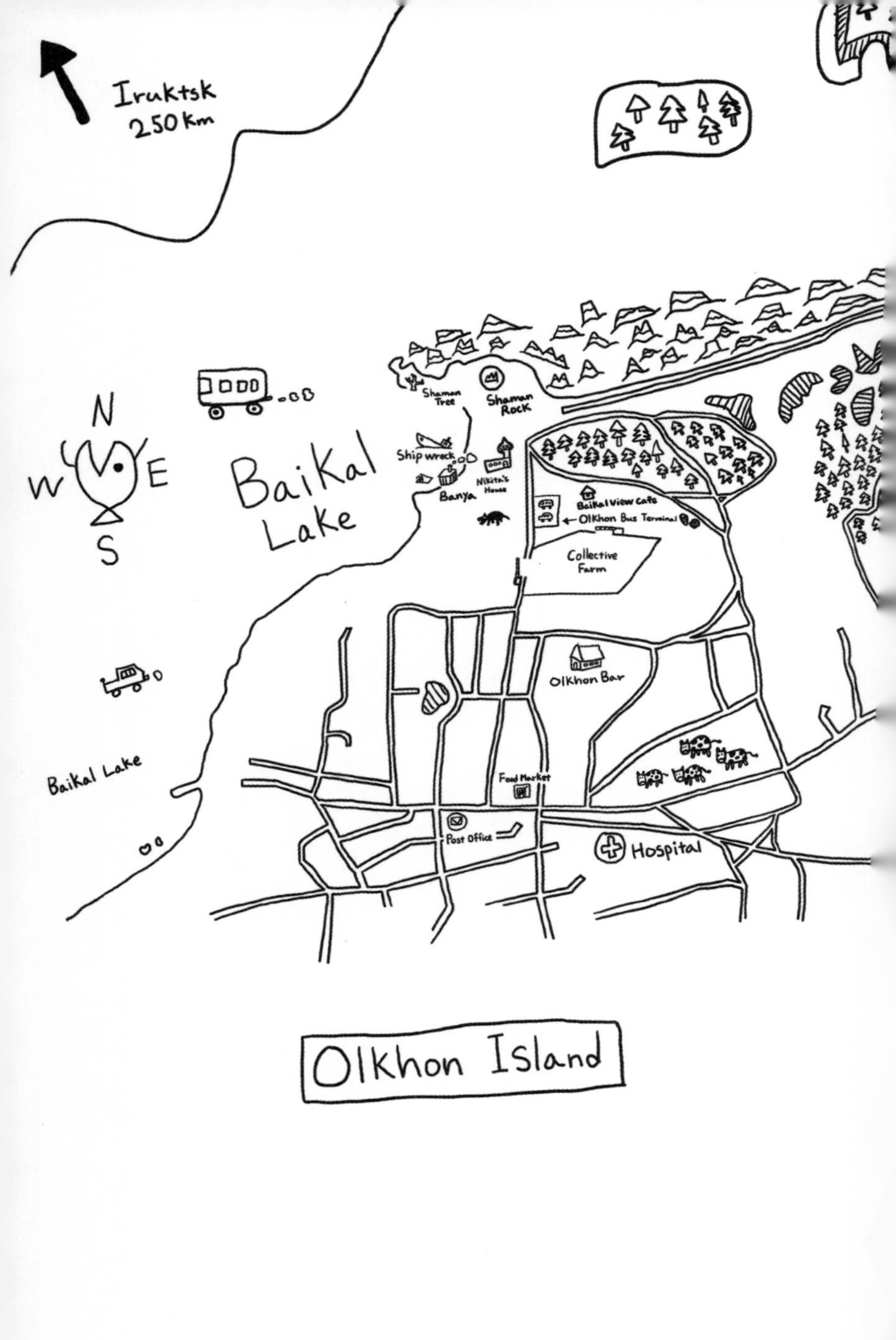
Iruktsk
250 Km
N
W
E
S
Baikal
Lake
Shaman
Tree
Shaman
Rock
Ship wreck
Nikita's
House
Banya
Baikal View Cafe
← Olkhon Bus Terminal
Collective
Farm
Olkhon Bar
Baikal Lake
Food Market
Post Office
Hospital
Olkhon Island

25

얼어붙은 호수 위의 우리

올혼섬, 러시아

흰 눈 덮인 섬의 광장에 도착했다.

진눈깨비가 바람에 날렸고 사람들은 간이 정류장에 모여있었다. 한 무리의 개들이 그들 주위를 서성이고 있었다. 사람들은 이르쿠츠크Irkutsk에서 미니버스를 타고 올 가족을 마중 나와 있었다. 이 섬은 꽤 외진 곳이었다. 그래서 정기적으로 도시로 나가 필요한 물건을 사 와야 했다. 승객들의 양손마다 짐이 가득 들려있었다. 버스가 도착하자 가족들이 내리는 승객의 짐을 받아 들고 하나둘 광장을 떠나기 시작했다. 간이 정류장에 내리니 마을은 온통 눈으로 덮여 온 사방이 다 비슷하게 보였다. 어디로 가야 할지 알 수 없었다. 떠나려는 주민 중 한 명에게 머물 숙소의 이름을 말하고 위치를 물었다. 그는 러시아어로 뭔가를 말하고 손가락으로 광장 맞은편에 있는 낮은 언덕을 가리켰다.

주위를 둘러보니 방금 타고 온 미니버스만 덩그러니 광장에 눈을 맞으며 서있었고, 몇 마리의 개들이 매서운 눈보라를 맞으며 나를 바라보고 있었다. 개들에게 뭐라도 주고 싶었지만, 가진 것이 없어 '미안해'라는 말을 남기고 좀 전 그가 가르쳐준 방향으로 걸었다.

눈이 발목까지 쌓여있는 곳이 많아 걷기 어려웠고, 가방은 무거웠다. 잠시 쉬고 싶었지만 휘몰아치는 눈보라 때문에 묵묵히 숙소 쪽으로 걸을 수밖에 없었다. 개들이 짖으며 내 뒤를 따라왔다. 나 때문인가 싶어 뒤를 돌아보니 내가 아닌 서로에게 사납게 짖고 있었다. 내가 바라보자 그들은 내 눈치를 보며 짖었다. 눈을 보니 내게 적의를 가지고 있지는 않은 거 같았다. 다만 자기들끼리 경계하고 있는 것 같았다. 그중 검은 개 한 마리가 다른 개들에게 공격적으로 짖으며 그들에게 달려들었다. 저들이 왜 싸우는지 이유를 모른 채 바라만 보았다. 뜬금없는 러시아 개싸움을 흥미롭게 구경하려 했지만, 마음이 급해 발걸음을 재촉했다.

다행히 숙소는 광장에서 멀지 않은 곳에 있었다. 숙소 나무문을 열고 들어가려는데 검은 개가 날 향해 혀를 길게 빼고 뛰어왔다. 그 모습은 마치 막차를 놓치지 않으려고 필사적으로 뛰는 모습 같았다. 개가 내 앞에 섰다. 힘껏 뛰어와서 그런지 계속 헐떡이며 아까 싸울 때랑 다르게 선한 눈으로 날 올려다봤다. 나는 검은 개의 머리를 천천히 쓰다듬었다. 개는 기분이 좋은지 꼬리를 흔들며 폴짝폴짝 뛰었다. 그리고 내게 한 번 '멍' 하고 짖더니 내 앞에 앉았다. 더 상대해주고 싶었지만, 몸이 꽁꽁 얼어붙어 "또, 만나자"라고 말하고 얼른 숙소 안으로 들어갔다.

주인은 늙고 아주 많이 마른 남자였다. 그는 나에게 가방부터 벗으라고 하곤 따뜻한 블랙티를 건넸다. 그리고 내가 머물 방으로 안내해줬다. 방은 본채에서 떨어진 별채에 있었는데 혼자 쓰기엔 커다란 방이었다. 그리고 방 한구석에는 돌로 쌓은 화로가 있었다. 그 옆에는 장작이 피라미드처럼 쌓여있었다. 화로 덕분에 방이 정말 따뜻했다. 그때 누군가 노크를 했다. 문을 열어 보니 게스트 하우스에서 일하는 일꾼이 가방을 가지고 왔다. 그는 샤워실 위치와 식사 시간을 알려주며 내일은 맑을 거라고 했다.

그가 돌아간 뒤 가방을 대충 바닥에 던져두고 입고 있던 옷을 벗기 시작했다. 악명 높은 시베리아 한가운데라 옷을 양파처럼 껴입고 있었기 때문에 움직이기조차 힘들었다. 나는 허물을 벗듯 방한용 바지와 수면 바지를 벗고, 기모 레깅스와 내복을 벗었다. 윗도리도 여러 겹을 입어서 벗는 데 시간이 꽤 걸렸다. 옷을 다 벗고 나자 온몸이 가벼워져 세상의 모든 속박에서 벗어난 것만 같았다. 방구석의 화로로 가서 눈보라에 얼어붙은 옷들과 방한화를 녹였다.

시베리아의 이르쿠츠크에서 6시간 떨어진 올혼섬**Olkhon Island**은 바이칼 호수에 있는 섬이다. 이르쿠츠크는 제정러시아시대나 혁명 시절에 귀양지로 쓰인 곳이다. 당시 황제나 공산당에게 조금만 잘못 보여도 무조건 이곳으로 귀양 보내졌다. 그렇게 이 섬과 주변으로 귀양 온 사람들은 시베리아의 살인적인 추위와 배고픔을 견디지 못하고 암울한 죽음을 맞이했다. 그러다 혁명 이후 공산당의 이주 정책을 통해 일반인들도 이곳에 많이 정착해 번성하게 되었다고 한다. 하지만 여전히 러시아에서 가장 혹독한 곳 중 하나였다.

나는 추위로 악명 높은 이곳이 얼마나 추운지 실제로 확인하고 싶었다. 실제로 와보니 매서운 칼바람은 매일 불었고, 영하 35도는 일상이었다. 이곳의 날씨는 정말 혹독하다 못해 잔인하게까지 느껴졌다. 이런 환경에서 사람이 살고 있다는 게 경이로울 뿐이었다.

다음 날 아침을 먹고 단단히 준비하고 밖으로 나왔다. 혈색이 희미한 주인은 나에게 절대 1시간 이상 걷지 말고, 때가 되면 실내로 들어가 몸을 녹이고 뜨거운 차를 마시라고 했다. 이렇게 영하 30도 밑으로 떨어지는 날에 밖에 오래 있으면 뇌의 피가 얼어서 뇌졸중을 일으킬 수 있으니 반드시 그래야 한다고 신신당부했다. 겁주려고 그냥 한 말은 아닌 거 같아 다시 방에 가서 양말을 하나 더 신었다.

눈보라는 멈춰있었고 하늘은 맑았다. 숙소의 문을 열고 나가니 어제의 검은 개가 있었다. 녀석은 나를 보자마자 멍멍 짖으며 허리가 휘어지도록 꼬리를 흔들고 아는 척을 했다. 반갑게 나를 맞아주는 녀석을 보며 '설마 밤새도록 여기 있었던 건 아니겠지?'라는 생각이 들었다. 녀석의 지난밤 사정은 알 수 없었지만 나를 매우 반가워하고 있다는 건 알 수 있었다. 나는 선착장이 있는 섬의 입구 쪽으로 걸어갔다. 개는 내 뒤를 졸졸 따라왔다. 녀석은 나를 앞서가지도, 그렇다고 멀리 뒤처지지도 않고 적당한 거리를 두고 따라왔다.

섬 전체는 하얀 눈으로 덮여있어 어디가 길인지 당최 알 수가 없었다. 자칫 잘못하면 웅덩이나 뭔가에 걸려 넘어질 거 같았다. 하지만 내가 길을 벗어나거나 주변에 장애물이 있으면 검은 개가 짖어서 위험을 미리 알렸다. 녀석은 아주 영리하고 눈치가 빨랐다. 검은 개는 섬의 모든 길을 다 알고 있었다. 눈으로

두껍게 덮여 보이지 않는 장애물도 정확히 알고 있어 이곳에서 가장 믿을 수 있는 안내자였다. 선착장에 도착하니 커다란 고드름이 샹들리에처럼 매달려 있었다. 그리고 호수는 꽁꽁 얼어있었다. 우두커니 서있는 나를 보고 선착장의 할아버지가 말했다.

호수가 얼지 않는 계절에는 배를 타고 이 섬에 올 수 있지만, 지금처럼 호수가 꽁꽁 얼어붙은 겨울에는 배가 아닌 차로만 이 섬에 올 수 있다고 했다. 그 주변을 별일 없이 어슬렁거렸다. 그리고 사회주의 시절에 번창했을 법한 집단 작업장을 구경했다. 지금은 폐허가 된 그곳을 보고 있는데 그때 몇 마리의 개가 나를 보고 짖기 시작했다. 그들은 위협적으로 보였다. 그때 옆에 있던 검은 개가 온화했던 눈빛을 감추고 한순간 들개의 모습으로 분했다. 검은 개는 그들을 노려보며 으르렁거렸다. 무리의 개들과 검은 개는 한참을 그런 상태로 긴장감을 유지했다. 그러다 개 무리는 방법이 없다는 듯 집단 작업장 뒤로 물러갔다. 그걸 보고 있자니 검은 개에게 더 호감과 믿음이 생겼다.

주인장이 경고한 시간이 넘어가자 슬슬 몸 녹일 곳을 찾아야겠다는 생각이 들었다. 하지만 어느 쪽으로 가야 할지 몰라 이리저리 두리번거릴 뿐이었다. 그렇게 이리저리 보는데 검은 개가 나를 보고 짖으며 따라오라는 신호를 보냈다. 검은 개를 따라 근처에 있는 복층 건물까지 갔다. 그곳은 각종 물건과 음식을 파는 잡화점 같았다. 문을 열고 안으로 들어가자 따뜻한 온기가 얼어붙은 내 몸을 감싸 안았다.

자리에 앉으니 여주인이 주문하지도 않은 따뜻한 블랙티를 내왔다. 주인 여자는 나에게 러시아어로 뭔가를 물었지만 나는 이해할 수 없어 그저 어쩔 줄 모르는 표정을 지었다. 다른 테이블에 있던 사내 무리가 "겨울에 왜 이곳까지 찾아왔느냐고" 묻는 거라며, 영어로 여주인의 말을 알려줬다. 난 "겨울의 시베리아를 보고 싶었다"라고 대답했다. 내 말을 듣고 자기들끼리 뭔가 이야기 나누며 날 보고 웃었다. 그들이 왜 웃었는지 정확히 알 수는 없었지만, 분위기상 악의적이거나 비웃는 거 같지 않아 보여 나는 미소를 지어 보였다. 대충 몸을 녹인 다음 검은 개에게 줄 쿠키를 샀다. 내가 나가려고 할 때 옆 테이블에 있던 남자가 창문 밖을 내다보며 내게 말했다.

"검둥이가 널 선택했군. 운이 좋네. 녀석은 이 섬에서 가장 센 놈이거든." 그러곤 이어서 "그건 알아? 이곳에 오는 외지인들을 섬의 개 중 한 마리가 선택해. 너는 검둥이에게 선택받은 거야. 그러니까 검둥이만 따라다니면 별일 없을 거야. 놈은 영리하고 충실하니까"라고 말했다. 나는 '고맙다'고 말했다. 문을 열고 나가니 얼어붙은 공기가 다시 내 안으로 송곳처럼 파고들었다. 이곳에서 아무리 오래 지낸다 해도 절대 이곳의 추위에 익숙해지지 않을 거 같았다.

내가 나오자 문 앞에 엎드려있던 검둥이가 벌떡 일어나 몸에 붙은 눈을 털어냈다. 나는 장갑을 벗어 검둥이에게 쿠키를 건넸다. 검둥이는 서서히 다가와 내 손에 놓인 쿠키를 몇 번 씹더니 기분 좋게 삼키고 꼬리를 흔들었다. 그 모습이 너무 사랑스러워 엉덩이를 토닥였다. 쿠키를 한 개 더 먹이고 숙소가 있는 길을 두리번거리며 찾았다. 분명 지나왔던 길 같은데 눈 덮인 마을은 모두 비슷해 보여 어디로 가야 할지 망설여졌다. 그러자 검둥이가 나를 보고 짖었다. 내가 어디로 가고 싶은지, 내가 어떤 생각을 하는지 다 알고 있다는 듯 말이다. 나는 녀석이 이끄는 대로 걸어 숙소로 돌아갔다.

다음 날에도 문밖엔 검둥이가 있었다. 녀석은 다소곳이 앉아서 날 보고 살갑게 꼬리를 흔들었다. 녀석의 머리를 부드럽게 쓰다듬으며 '밤새 여기선 잔 건 아니겠지?'라는 생각을 했다. 제발 그러지 않았길 바라면서도 한편으론 그렇지 않고서 어떻게 언제 나올지 모르는 날 항상 문 앞에서 기다릴 수 있는지 궁금했다. 제발 검둥이가 집이든 어디든 밤에는 돌아갈 곳이 있어서 이렇게 얼빠지게 추운데 밤새도록 날 기다리지 않길 바랐다.

그때 주인이 아침을 먹으라며 날 불렀다. 식당으로 가 주인과 아침 식사를 하면서 오늘의 일정에 대해 이야기했다. "오늘은 호수에 가볼까 해요." 그는 "몇몇 곳은 단단하게 얼지 않았으니 조심해야 해"라고 주의를 줬다. 그러곤, "하지만 검둥이랑 간다면 문제는 생기지 않을 거야"라고 웃어 보였다. 주인에게 검둥이의 주인이 누구냐고 물었다. 그는 검둥이 같은 개들에게 주인은 없지만 섬 주민들이 함께 돌보고 있다고 했다. 밤에는 어디서 자느냐고도 물었다. 녀석들은 밖에서 자거나 동네 사람들의 창고에서 생활한다고 했다. "그럼 검둥이는 어제 밖에서 잔 거예요?"라고 물으니, 그는 내 질문에 당연하다는 듯이 '그렇다'고 대답했다. 내가 "이렇게 추운데요!"라고 말하자 검둥이는 시베리아의 개라서 추위에 이미 적응해 있다고 했다. 그의 이야기를 들으며 영혼까지 얼어붙게 할 것 같았던 간밤의 사나운 바람 소리가 생각났다.

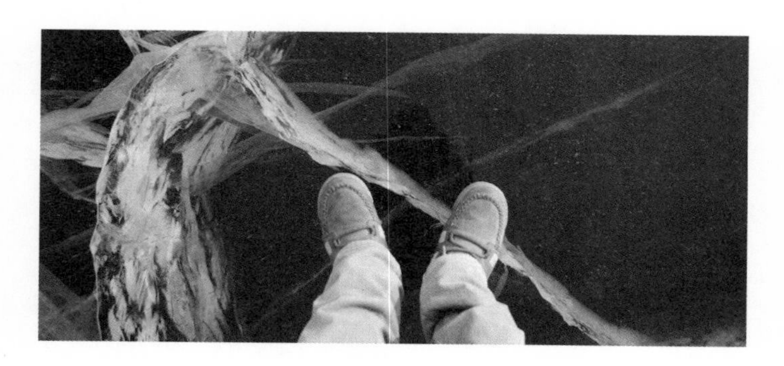

검둥이를 따라 꽁꽁 얼어붙은 바이칼 호수로 갔다. 호수에 도착하니 검둥이가 먼저 앞서가기 시작했다. 나는 검둥이를 따라 얼어붙은 호수 위를 조심조심 걸었다. 검둥이는 가끔 돌아보며 내가 잘 따라오는지 살폈다. 검둥이와 나는 언 호수를 걸어 섬을 한 바퀴 돌았다. 검둥이는 중간중간 멈춰 서서 꽁꽁 얼어붙은 강

밑을 바라보며 짖었다. 검둥이가 가리키는 곳을 보자, 두꺼운 얼음 밑으로 커다란 물고기 떼가 지나가는 게 보였다. 이렇게 보여줄 게 있으면 검둥이는 나를 보고 짖곤 했다. 우리는 반쯤 좌초된 폐선과 주민들이 얼음낚시를 했던 구멍들을 봤다. 이렇게 영리하고 책임감 강한 개가 있다는 사실이 감동적이었다.

또 검둥이는 숙소로 돌아가는 길 한가운데에서 만난 소에게 달려가 내가 지나갈 수 있도록 짖어 소가 벽에 붙도록 했다. 난 그런 검둥이가 대견해 쿠키도 주고 자주 안아줬다. 검둥이는 특히 내가 안아주는 걸 좋아했다. 안아주고 나면 제자리에서 폴짝폴짝 뛰었다. 마치 처음으로 사랑받아 본 것처럼 말이다.

나는 그날 밤 검둥이를 주인 몰래 내 방에 데리고 들어왔다. 추운 밤에 검둥이가 밖에 머무는 게 마음에 걸렸고 더 많은 시간을 같이 있고 싶었다. 검둥이는 안으로 들어오는 것을 주저했다. 아무리 내가 들어오라고 해도 문 앞에서 서성이기만 했다. 검둥이는 이런 상황이 혼란스러워 어찌해야 할지 몰라 하는 거 같았다. 문 앞에서 서성이는 검둥이를 안았다. 검둥이는 가만히 내 얼굴을 올려다보았다. 검둥이를 방으로 안고 들어와 화덕 앞에 내려놨다. 검둥이는 가만히 서서 화덕에서 피어나는 따뜻한 열기를 느끼며 두 눈을 감았다. 이미 추위에 익숙해져 그렇게 살도록 적응된 녀석이었지만 녀석도 이 아늑함에 행복을 느끼는 것처럼 보였다. 나는 검둥이 몸에 붙은 눈과 얼음 조각들을 털어

내 주었다. 그러자 기분이 좋은지 방 안을 펄쩍펄쩍 뛰며 돌아다녔다. 나의 작은 배려로 검둥이는 이제까지 스스로 몸을 웅크려 얻던 온기가 아닌 다른 것한테서 나오는 온기를 느꼈을 것이다. 검둥이는 침대 밑 양탄자에 가만히 엎드려 고개를 쳐들고 눈을 감고 입을 벌리고 있었다. 그 모습은 이 온기를 음미하는 것처럼 보였다. '이 장면을 한 장의 사진으로 찍었다면 얼마나 아름다울까?'라는 생각을 했다. 하지만 검둥이의 평화를 방해할까 봐 사진은 찍지 않았다. 창밖으로 매서운 바람이 불었지만, 오두막 안 작은 화덕에는 장작이 소리를 내며 타고 있었다. 침대에 걸터앉아 검둥이를 부드럽게 쓰다듬었다.

아침에 날 깨운 건 검둥이였다. 눈을 떴을 때 검둥이는 침대 밑에서 내 손을 핥고 있었다. 그런 녀석을 쓰다듬으며 아침 인사를 했다. 검둥이는 아마 처음으로 온기가 있는 집 안에서 머물러서였는지 기분이 좋아 보였다. 우리는 밖으로 나왔다. 식당으로 가서 아침밥을 먹었다. 숙소 주인은 내가 검둥이를 방 안에서 재운 걸 알고 있었다. 허락도 받지 않고 마음대로 개를 들인 것이 마음에 걸려 쭈뼛거리고 있는데, 그는 별말을 하지 않았다. 그저 무심히 "왜 재웠어?"라고 묻기만 했다. 나는 "모든 게 고마워서요"라고 말했다. 그는 고개를 끄덕이며 "겨울에는 대부분 없지만 그래도 벼룩이 있을지 모르니 조심해"라고 일러 주었다. 오늘 밤부터는 떳떳하게 검둥이를 방 안에서 재울 수 있게 되어 기뻤다. 주인은 내게 언제 떠날 거냐고 물었다. 난 "글쎄요. 좀 더 머물고 싶은데요"라고 말했다. 주인은 머물고 싶은 만큼 있다 가라고 했다. 원래는 3일 예정으로 왔지만, 눈으로 뒤덮인 섬에서 머물며 더 많은 눈과 얼어붙은 호수를 보고 싶었다. 그리고 검둥이와 걷는 게 즐거웠다.

주인장은 오늘은 뭘 할 거냐고 물었다. 오늘은 자작나무 숲이 있는 섬의 북쪽으로 가볼까 한다고 했다. 그는 나에게 "그곳은 야생 개들이나 들짐승들이 있어 위험할 수 있으니 같이 가줄게"라고 했다. 그리고 오늘은 세찬 눈보라가 불 테니 단단히 준비도 하라고 했다.

서둘러 아침을 먹고 우리는 자작나무 숲으로 향했다. 주인장의 어깨에는 그의 손때가 묻은 소총이 걸려있었고 항상 그를 따라다니는 하얀 개가 함께했다. 나와 검둥이도 그들과 나란히 걸었다. 눈은 내리지 않았지만 바람이 강하게 불었다. 자작나무 숲은 온통 짙은 안개로 덮여있어 한 치 앞도 볼 수가 없었다. 흰둥이와 검둥이는 앞장섰고 나와 주인장은 주변을 경계하며 두 마리의 개를 따랐다. 안개가 자욱한 숲을 걷는 우리의 모습은 혁명의 한가운데에 있는 것 같았다. 난 우리가 다른 파벌에게 모함당해 시베리아로 추방당한 불우한 혁명가처럼 느껴졌다. 이런 상황이 아니고서야 안개 낀 숲을 헤매는 이런 장면이 나올 수가 없을 거라고 생각했다.

그때 주인장이 물었다. "오늘 반야Banya 하겠어? 아직 한 번도 안 해봤지?"

반야는 나무 오두막에서 즐기는 러시아식 사우나였다. 뜨겁게 달궈진 돌에 물을 끼얹어 나는 뜨거운 수증기를 쐬는 방식이었다. 나는 "좋죠. 한번 해보고 싶었는데… 그런데 우리 숙소에도 반야가 있었어요?"라고 물으니, 그는 오랜만에 반야를 하고 싶다며 집으로 돌아가면 준비하겠다고 했다. 그때쯤 눈보라가 치기 시작했다. 우리는 머플러로 얼굴을 가리고 숲의 반대편 끝까지 걸었다. 반대편에 도달하니 얼어붙은 바이칼 호수가 내려다보였다. 그리고 몇몇 사람들이 눈이 쌓인 바닥에 뭔가를 설치하고 있었다. 주인장이 다가가 그들과 이야기를 나누고 돌아와 담배에 불을 붙였다. 그는 나에게도 권하며 "어젯밤 늑대 떼가 나타나 염소를 공격했대. 그래서 지금 덫을 설치하고 있는 거야"라고 설명했다. 내가 "늑대가 그 정도로 많아요?"라고 물으니, 겨울에는 먹을 게 없어서 마을로 와서 가끔 가축을 물어 간다고 했다. 그 설명을 들으니 이곳과 내가 사는 세상이 새삼 다르게 느껴졌다. 그리고 정말 집으로부터 먼 곳에 있다는 실감이 들었다.

"지금 시대에 늑대라니."

숙소로 돌아와 그가 반야를 준비했다. 집에서 일하는 몇몇의 인부들과 동네 주민들이 와있었다. 우리의 오두막 반야는 바이

칼 호숫가에 있었다. 사람들은 긴 쇠창으로 반야에서 그리 멀리 떨어지지 않은 호수 한군데에 얼음을 깼다. 그러곤 주인장이 반야의 화로에 불을 피웠다. 준비가 끝나자 그가 옷을 벗어 던지고 한 치의 망설임도 없이 호수의 얼음 구멍 속으로 들어갔다. 사람들은 뭔가 대단한 의식을 치르는 것처럼 환호했다. 공기는 꽁꽁 얼어붙어 있었고 눈바람이 날카롭게 불고 있었다. 가만히 있어도 몸에 있는 모든 수분과 피가 서서히 얼어붙는 거 같았다. 그러나 그들은 주저함 없이 자신들의 몸을 정화시키려는 듯 하나둘 호수로 들어갔다. 영하 35도의 날씨에 얼어붙은 호수로 들어가는 모습이 매우 무모해 보였다. 그때 내 주위에 있던 일꾼이 내게 다가와, "이제 네 차례야"라고 했다. 모두 나를 바라봤다. 여기서 들어가지 않으면 겁쟁이가 되는 분위기였다. 나는 몹시 추웠지만, 옷을 잽싸게 벗고 호수로 갔다.

호수에 들어가는 것보다 맨발로 눈을 밟고 구멍까지 걸어가는 게 추위보다 더 큰 고통이었다. 구멍에 다가가자 사람들이 발부터 천천히 들어가라고 말했다. 모두가 기대하고 있었다. 난 그들이 말해준 것처럼 발부터 천천히 호수에 담갔다. 처음에는 기절할 만큼 쇼크가 있었지만, 기분 탓인지 호수가 생각만큼 차갑지 않게 느껴졌다(어쩌면 물 밖이 너무 추웠기 때문에 그렇게 느꼈는지도 모른다). 이윽고 몸까지 다 담그자 사람들이 환호성을 지르며 한바탕 크게 웃어 젖혔다. 이가 부딪히는 소리에 골이 흔들리고 몸의 세포와 신경이 모두 깨어나는 것 같았다. 그때 주민이 발끝이 아파 오면 나갈 때라고 알려줬다. 이내 발이 저리듯 따가워졌다.

호수 위로 올라가려 했지만, 몸이 얼어서 호수 위로 잘 올라가지 못하고 허둥거렸다. 그때 누군가가 내 팔을 붙잡아 그대로 끌어 올렸다. 알몸인 채로 언 호수 바닥에서 어쩔 줄 모르고 있으니 주변 사람들이 반야로 달리라고 외쳤다. 호수 옆 반야로 뛰어 들어갔다. 안으로 들어가자 주인장이 뜨거운 물 한 바가지를 내게 부어줬다. 꽁꽁 언 몸에 뜨거운 물이 닿으니 몸이 간질거렸다. 반야 안에 가득 찬 뜨거운 수증기가 금세 몸을 녹여주었다. 그제야 나도 모르게 웃음이 났다. 어이가 없어서 저절로 나는 웃음이기도 했다. 이건 미친 짓이라고 생각했다. 꽁꽁 언 주민들이 하나둘씩 반야로 들어와 곧 반야 안은 벌거벗은 남자들로 꽉 찼다. 그렇게 한참을 반야 안에 있다 보니 이제는 몸이 달아오르고 가슴이 답답해졌다. 사람들은 다시 호수로 뛰어들었다. 나도 그들을 따라 다시 호수로 들어갔다. 이번에는 물이 시원하게 느껴졌다. 얼마 있으니 다시 발가락이 따갑기 시작했고 나는 물에서 나와 반야로 뛰어갔다. 검둥이는 이런 내가 걱정이 되었는지 내 옆에서 나무라듯 짖었다.

반야를 다 끝내고 사람들은 자신들의 몸을 꼼꼼하게 닦았다. 주인장은 반야가 끝나고 몸을 잘 말리지 않으면 바로 폐렴에 걸릴 수 있다며 무조건 잘 말려야 한다고 말했다. 그는 손이 닿지 않는 내 등을 꼼꼼하게 닦아줬다. 몸을 닦고 다시 밖에 있는 옷을 입는데 어찌나 눈바람이 매섭게 불던지 온몸이 꽁꽁 얼어붙을 것만 같았다. 대충 옷을 껴입고 방으로 달려갔다. 검둥이가 내 뒤를 따라 달려왔다. 3분도 걸리지 않는 거리인데 눈썹과 머리카락이 얼어 찰랑거렸다. 나는 온몸을 오돌오돌 떨면서 화로 앞에 앉아 몸을 녹였다. 내가 너무 떨고 있다는 걸 알았는지 검둥이가 내 몸에 딱 붙어 앉았다. 자신의 온기를 조금이라도 나눠주려는 거 같았다. 덜덜 떨리는 손으로 검둥이를 쓰다듬으니 녀석이 내 볼을 핥으며 더 가까이 몸을 밀착시켰다.

다행히 감기도 폐렴도 그리고 동상도 걸리지 않았다. 어제의 반야와 구멍 뚫린 호수에 갔다. 아직도 반야에는 열기가 조금 남아있었지만, 주민들이 깼던 구멍은 다시 꽁꽁 얼어붙어 있었다. 한동안 그 근처를 돌아다녔다. 올혼섬은 정말 아름답고 신비로운 곳이었다. 다른 계절에 와보지는 못했지만, 겨울의 올혼섬이야말로 최고라는 걸 확신할 수 있었다. 그리고 얼어붙어 있는 바이칼 호수 역시 대단했다. 이렇게 큰 호수가 겨울마다 1미터 가까운 두께로 얼어붙어 버린다는 게 놀라웠다. 그리고 무엇보다 검둥이의 존재가 나에게 매우 커다란 것이었다. 녀석이야말로 날 여기에 머물게 하는 가장 큰 이유였다. 하지만 이곳을 떠나야 할 때가 다가오고 있었다. 지금까지 여행에서 날 붙잡는 것은 없었다. 매번 미련 없이 떠나고 돌아왔었는데 내가 떠난 뒤 다시 검둥이가 누군가를 기다리고, 야속하게 추운 밖에서 머무를 것을 생각하니 매우 괴로웠고 죄책감이 느껴졌다. 그래도 나는 떠나야 했다. 이 겨울을 따라 더 먼 북쪽으로 가야 했다. 이런 생각을 하니 문득 내가 이기적이라는 생각이 들었다.

마지막 밤 검둥이를 침대 위로 올라오게 해 옆에서 재웠다. 늦게까지 잠들지 못했다. 나도 검둥이도…. 남겨질 검둥이를 생각하니 나도 모르게 눈물이 났다. 내가 떠날 거라는 걸, 아쉬워하는 내 맘을 아는지 검둥이는 내 볼에 흐른 눈물을 핥으며 밤새도록 꼬리를 흔들었다.

날이 밝자, 마을 광장으로 나가 미니버스를 기다렸다. 검둥이는 내 옆에 가만히 앉아있었다. 내가 버스를 타고 광장을 떠날 때까지 검둥이는 그 자리에서 계속 날 바라보며 짖었다. 이윽고 버스가 광장을 벗어났고, 아쉬운 눈빛의 검둥이도 보이지 않았다.

6년이 지났다.

검둥이와 함께 보낸 그 시간과 함께 맞던 매서운 눈보라가 여전히 내 기억 속에 남아있다. 나는 그 겨울 여행에서 돌아온 뒤에도 검둥이가 몹시 그리웠다. 언젠가 다시 올혼섬으로 돌아가 여전히 누군가를 광장에서 기다리고 있을 검둥이와 만나고 싶다.

거기서 검둥이는 나의 안내자였고, 수호자였으며 나를 천국으로 이끄는 천사였다.

Visatupa _ Rovaniemi, Finland

26

고요의 숲으로

로바니에미, 핀란드

나는 세상과 단절하고 사는 벌목공처럼,
고즈넉한 삶을 살아보고 싶었다.
첫 책을 낸 이후로 너무 많은 사람을 만났고,
너무 많은 일을 동시다발적으로 했으며,
너무 과분한 기대와 대접을 받았다.

그리고 나 스스로 너무 밀어붙였다.

'어느 날 아침 일어나니 나도 모르게 유명해져 있었다.'

이 말처럼 기적과도 같은 책의 성공으로 단번에 과도한 관심과 지지를 받았다. 태어나서 처음 누려보는 대접이라 신나고 행복하긴 했지만, 언젠가부터 그것들이 내 것이 아니라는 의심과 언젠가는 너무 쉽게 잃게 될 거라는 걱정에 늘 불안했다. 그때부터 사람들을 만나는 게 무서웠고 불편했다. 그리고 가슴이 너무 뛰었다. 무엇보다 마음에 드는 문장이 더 이상 써지지 않았다. 이런 시간이 계속 반복되자 모든 것으로부터 도망치고 싶었다. 그러다 누군가에게 비사투파에 대해 전해 들었다. 가장 가까운 상점은 5킬로미터나 떨어져있고, 숲 한가운데에 자리 잡은 농장 주변에 아무것도 없어 사람을 만날 수도 없다고. 비사투파는 너무 특별한 장소라고 말이다. 특히 겨울에는 눈 때문에 바깥세상과 완전히 단절된다고 했다. 그 '단절'이라는 단어가 날 그곳으로 이끌었다.

나는 헬싱키에서 야간열차 산타크로스호를 타고 밤새 달려 북극선 너머에 있는 도시 로바니에미에 도착했다. 그리고 그곳

에서 다시 네 바퀴 대신 큰 스키가 달린 차를 타고 30분을 더 가서 비사투파에 도달했다. 실제로 그곳은 세상과 동떨어져 있

었다. 비사투파는 10여 마리의 소만 키우는 작은 농장 마을이었다. 호수 옆의 외양간과 주인 가족이 사는 집 그리고 외부인이 머무는 오두막은 섬처럼 고립되어 있었다. 겨울의 비사투파에서 할 일이라고는 스노우 라켓(테니스 라켓 모양의 눈신발)이나 컨트리 스키를 타고 허리까지 쌓인 숲을 돌아다니거나, 먹이를

찾아 건물 주변을 어슬렁거리는 북극 사슴이나 오소리 같은 야생 동물들을 관찰하고, 아니면 간밤에 쌓인 눈의 무게로 오두막이 무너지지 않게 지붕에 쌓인 눈을 털어내는 일뿐이었다.

밤에는 떡갈나무로 만든 침대에 누워 호수에서 얼음이 부딪히는 아득한 소리를 들었다. 그 소리는 거인이 산을 있는 힘껏 밀어내는 소리처럼 묵직하게 들렸다. 또 다른 밤에는 농장 주인이 오로라를 볼 수 있다고 알려주었는데 단단히 옷을 껴입고 호수로 가서 눈밭에 누워 그걸 올려다봤다. 오로라를 본 건 그때가 처음이었다. 아무런 징후 없는 까만 하늘에 오로라가 나타났다.

처음에는 작고 희미한 빛으로 시작해 물에 떨어져 번지는 한 방울 잉크처럼 점점 머리 위에서 퍼져가다 하늘하늘한 엄마의 여름 치맛자락처럼 아주 느리게 펄럭이며 낮게 공중에서 부유했다. 시간이 지나면서 희미하게 와인 잔이 살짝 부딪는 것 같은 소리가 언 공기 중에서 들렸다.

오로라를 보면서 나는 크게 숨도 쉬지 않았고 걸음도 조심스럽게 걸었다. 조금만 소리를 내면 주변의 모든 것이 깨져버릴 것만 같았기 때문이다. 추위에 떨며 오로라가 내는 작은 소리를 듣고 있으면, 실제로 내가 머물던 세계에서 멀리 떨어진 까마득한 기분이 들었다. 그날의 오로라는 아무리 봐도 질리지 않을 것 같았고 다시는 그걸 볼 수 없을 것만 같아 몸의 감각이 없어질 때까지 바라봤다.

나는 그곳에서 백석 같은 시인이 되었고,
나는 세계와 고립된 그곳에서 언어를 잊었고,
나는 예전보다 더 담담해졌고,
나는 눈이 쌓인 땅에서 동물들의 보호자였고,
나는 거인이 산맥을 움직이는 소리를 들었다.

나는 깊은 호흡을 되찾았고,
마음의 떨림이 멈췄다.

거기서 나는

결국 사람이 다시 그리워졌다.

그리고

나는

천국에 있었다.

Thoise
Tirchy
Diskit
Khalsar
Sumoor
Tegar
Charbagh Kangri
Chang Chenmo Kangri
Likir
Alchi
Nimmoo
Phey
Leh
Shey
Durbuk
Tangtse
Phobrang
Lukung
Spangmik
Man
Pangong Tso
Skiu
Hemis
1800
Hemis National Park
Kang Yisay
Kangju Kangri
N
W
E
S
Leh, India

27

설산을 넘으며

레, 인도

500cc짜리 로얄엔필드 오토바이는 힘이 좋다.

하지만 속력은 그저 그렇고 돌덩이처럼 진짜 무겁다. 그래도 이만한 오토바이가 아니면 설산을 넘기 어렵다고 했다. 구불구불한 비포장 산길을 달려 이곳에 언제 왔고, 얼마나 달렸으며 얼마나 더 가야 하는지를 머릿속으로 계산해봤지만 확실하게 알 수 없었다. 그저 핸들을 꽉 잡고 앞, 뒤, 양옆으로 히말라야 설산에서 불어오는 찬바람을 온몸으로 맞으며 아찔한 높이의 절벽 아래로 떨어지지 않으려고 초집중 해야만 했다. 실수라도

해서 넘어지면 바로 이번 생과 작별이었다. 그렇기에 이 묵직한 오토바이에 의지해야 했다. 운전대를 잡은 나는 순간순간 빠른 판단을 해야 했기에 정신이 없었다.

다행히 혼자는 아니었다. 앞에는 길의 조건과 혹시 있을지 모르는 응급 사항을 알려주는 세영이가 있었고, 라이딩 경력이 많은 국보 씨가 뒤에서 날 커버해줬다. 그들 때문에 나는 아슬아슬한 여정을 이어갈 수 있었다. 달리기 전 우린 우리가 출발한 도시 레Leh에서 이틀 동안 쉴 수밖에 없었다. 고산병에 대비하

기 위해서였다. 몸이 어느 정도 고산에 적응하고 나서야 히말라야산맥으로 향할 수 있었다. 처음에는 눈 덮인 히말라야의 산맥과 비포장 길 그리고 추위와 매서운 바람에 적응하지 못했다. 길도 미끄러웠고 이런 길에서 어떻게 오토바이를 운전해야 하는지도 잘 몰랐다. 그리고 가보지 못한 막연한 길과 거친 풍경에 겁을 먹어 나는 자주 넘어졌다. 크게 다치지는 않았지만 그래도 넘어질 때마다 내 한계를 느끼며 좌절해야만 했다. 내가

이 정도로 약해빠졌다는 사실에 의기소침해졌다. 그리고 길에 미끄러지고 돌에 걸려 내가 내동댕이쳐질 때마다 세영이와 국

보 씨가 와서 나를 보살폈고 다독여줬다. 분명 안 넘어질 수 있을 거 같은데 생각처럼 그게 잘되지 않고 자꾸 넘어지는 걸 반복하다 보니 내 자존감은 끝도 없이 추락해버렸다. 그래서 다 때려치우고 지나가는 트럭을 잡아 오토바이를 싣고 큰 도시로 돌아가 버리고 싶다는 생각만 했다. 이 길을 내게 강요한 사람은 없었으므로 만약 포기한다 해도 비난할 사람도 없었다. 그래도 그들의 도움으로 나는 서서히 지랄 맞은 길에 익숙해졌고 나 자신을 믿기 시작했다. 그리고 세영이가 "여기 온 것만으로 대단하고, 여긴 누구나 넘어질 수밖에 없는 길이야. 그리고 형은 내가 어떻게 해서든 끝까지 데리고 갈 거야"라고 말해주었다. 그 말은 내게 대단한 위안이 되었다. '무슨 일이 있어도 이 아이는 날 지켜주겠구나'라는 믿음이 날 계속 달리게 했다.

하루에 7시간씩 고된 길을 운전했다. 반드시 가고 싶은 곳이

나 보고 싶은 것이 있던 건 아니었다. 라이더들에게 전설 같은 그 길들을 그저 달려보고 싶었을 뿐이었다. 우리는 고독한 길을 달려서 판공 호수까지 갔고, 공기가 희박한 수십 개의 설산을 넘었으며, 바닥이 보이지 않는 골짜기를 지났다. 그리고 수백 개의 커브 길과 나무로 대충 만든 위험한 다리들도 지났다. 처음 며칠은 주변 경치를 즐길 여유도 없었다. 앞만 보고 달리는 것도 벅찼다. 그러다 여정의 중반쯤부터 주변의 경치를 감상할 여유가 생겼다. 끝도 없이 연결된 길들과 눈이 시릴 정도로 하얀 설산들 그리고 목초지에서 풀을 뜯는 양이나 버펄로를 보았고, 산자락에 자리를 잡은 가난한 마을들을 지나갔다.

어느 순간 나는 느낄 수 있었다. 이 오토바이와 내가 하나가 되었다는 걸. 내가 원하는 대로 오토바이는 저절로 움직였고 엔진의 진동이 몸으로 전달되어 오토바이가 어떤 상태인지도 알 수 있어 오토바이가 얼마나 더 빨리 달릴 수 있고 어디서 무리가 가지 않도록 엔진을 조절해야 하는지도 직감적으로 알 수 있

었다. 가장 짜릿한 건 브레이크를 어떻게 제어하면 커브 구간을 멋지고 안전하게 통과할 수 있는지도 느낄 수 있다는 거였다. 오토바이 역시 나를 받아들여 내 마음을 읽고 있는 거 같았다. 그때부터 나는 넘어지지 않았다. 세영이도 국보 씨도 이런 나의 발전에 기뻐했다.

몇 개의 히말라야산맥을 넘자 직선 구간이 나왔다. 이상하리만큼 길이 좋았다. 앞으로는 거대한 설산이 저 멀리 보였다. 그 길을 달리면서 나는 두 손을 핸들에서 처음으로 놓았다. 그리고 천천히 두 팔을 양옆으로 펼쳤다. 바람이 내 두 팔을 스쳤고 바람을 온전하게 느낄 수 있었다. 낮게 나는 새처럼 날고 있는 거 같았다. 잠깐이었지만 새가 된 거 같았다. 난 창공을 날고 있었고 높은 산도 그리고 눈이 녹아 만든 강 위도 날았다. 오래오래 내게 남을 순간이었다.

결국, 우리는 10일이 걸리도록 긴 길을 달려 다시 '레'로 돌아왔다. 떠나기 전과 돌아온 이후의 내가 달라져 있는 게 막연히 느껴졌다. 라다크의 길은 험하고 대단했다. 육체적으로 그리고 정신적으로 말이다.

그 길에서 나는 조금 근성이 생겼다. 그리고 나도 모르는 사이에 천국을 스쳐갔던 거 같다.

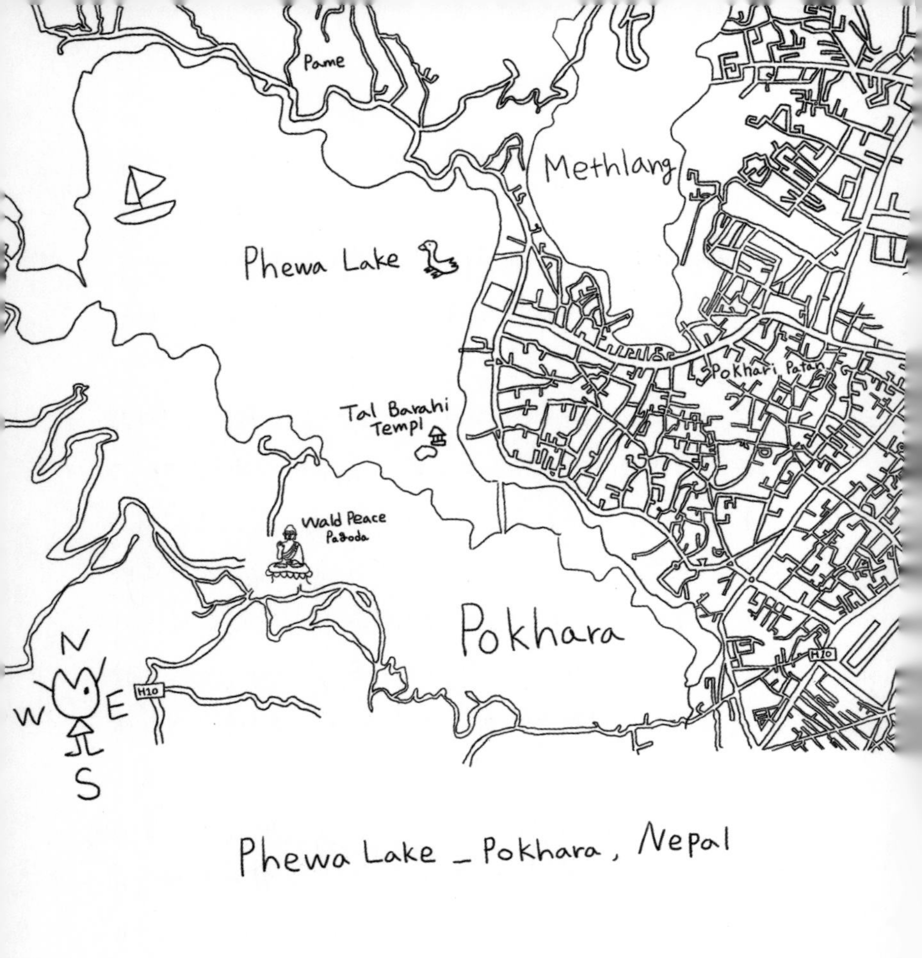

Phewa Lake _ Pokhara, Nepal

28
비가 더 세게, 더 많이 내렸으면 좋겠어

포카라, 네팔

카트만두는 좋은 도시지만 내게는 맞지 않았다.

다른 건 다 마음에 들었지만, 그곳의 공사 기간만큼은 참을 수 없을 정도로 지독했다. 심지어는 호흡기 질환으로 응급실까지 다녀왔으니 말이다. 그곳의 가장 큰 병원에서 몇 시간 기다린 후 마스크 한 장을 처방 받고 빨리 그곳을 떠나야겠다고 생각했다.

그래서 나는 포카라로 오게 되었다. 포카라는 안나푸르나 베이스캠프ABC나 대부분의 히말라야와 관련된 등반이 시작되거나 끝나는 도시다. 주변을 둘러보면 높고 높은 산만 보이고 도시에는 커다란 호수가 있었다. 여행객의 90퍼센트는 히말라야를 등반하기 위해 이곳으로 온다. 사실 그거 말고 특별히 머물 목적이 없는 도시다. 나는 힘들게 산을 오를 생각이 없기에 당연히 거기서 할 일이 하나도 없었다. 그리고 그땐 장마여서 등

반객이 없어 포카라는 한가했다.

온종일 장대비가 기약 없이 내렸다. 어찌나 쏟아지던지 발목까지 물에 잠길 정도였다. 그리고 자주 번개가 번쩍이고 산이 무너져 내리는 것만 같은 천둥소리가 들렸다. 그리고 하루에도 몇 번씩 정전이 되었다. 전기가 언제 들어올지 아무도 몰랐다. 그저 전기가 들어오길 그리고 비가 멈추길 기다리는 수밖에 없었다. 아침에 일어나면 창밖을 내다보며 비가 얼마나 강하게 내리는지 확인하는 게 일과 중 제일 먼저 하는 일이었다. 그날 비의 세기는 강, 약으로 체크했는데, 비가 강으로 내리는 날에는 우유가 배달되지 않아 아침에 카페가 열지 않았고, 비가 약으로 내리면 우산을 쓰고 10분 거리에 있는 카페로 갔다.

그곳은 포카라에서 유일하게 아침 일찍 여는 카페로, 너무할 정도로 괴팍한 여주인이 운영하고 있었다. 이른 아침에 모닝 메뉴를 시키지 않으면 노골적으로 불쾌감을 드러내며 비가 반쯤 새어 들어오는 발코니 쪽 자리를 줬다. 나야 아침을 먹지 않기 때문에 알아서 발코니로 갔다. 나는 그곳에서 쪽이 떨어져 나간 시집을 읽었다. 다른 책을 읽고 싶어도 이 시집밖에는 가지고 오지 않아 같은 시들을 반복해서 읽었다. 아무리 읽어도 그 시에 감동 받지 못했다. 오히려 반복해서 읽어도 시인이 무슨 이야기를 하고 싶은지 전혀 이해할 수 없었다. 읽을 것이 없고 시간이 많아서 그저 반복해서 읽었을 뿐이다.

대책 없이 비가 내리기 시작한 지 보름이 넘으니 비의 양이 줄어들기 시작했다. 그리고 긴 장마가 끝났다.

다시 해가 떠오르자 주민들은 일상으로 돌아왔다. 그동안 문을 닫았던 시장이나 가게들도 열렸고 등산객들도 찾아와 거리는 분주해지기 시작했다. 그날은 아침부터 해가 떴고 구름 한 점 없는 파란 하늘이 도시 위로 펼쳐졌다. 모처럼 햇살이 좋아서 배 한 척을 빌려 포카라 호수를 구경하기로 했다. 많은 뱃사공이 손님을 기다리고 있다가 내가 선착장에 나타나자 나를 둘러싸고 흥정하기 시작했다. 난 이리저리 끌려다녔다. 그럴 땐 무조건 단호해야 한다는 걸 경험으로 배웠기에, 나는 "stop"이라고 큰 소리로 외쳤다. 순간 정적이 찾아왔다. 모여든 뱃사공들을 둘러보다 초등학생 정도로 보이는 어린 뱃사공에게 가서 배가 어디 있느냐고 물었고, 아이는 배로 날 데려갔다.

배는 소년이 끌기에 커 보였고 안전해 보이지도 않았지만, 소년의 선한 눈이 마음에 들어 그 배에 타기로 했다. 소년은 나

를 태우고 선착장을 떠나 호수 중앙으로 노를 저어갔다. 소년은 호기심 가득한 표정으로 날 바라봤다. 분명 뭔가 말하고 싶어 하는 거 같았지만 소년은 아무 말도 하지 않고 그저 미소 지은 채 노를 힘껏 저었다. 물살이 없는 호수에서 배는 앞으로 잘 나갔다.

중간쯤 오자 소년이 땀을 흘리기 시작했다. 노를 젓는 게 쉬운 일이 아니라는 걸 알기에 나는 이쯤에서 멈추자고 했다. 나는 배 앞머리에 기대어 누웠다. 하늘은 높아 보였고 고개를 돌리자 히말라야 설산들이 보였다. 그때 소년은 영어 반, 네팔어 반을 섞어서 호수에 관해서 이야기해줬다. 나는 대부분 알아듣지 못했지만 나름 노력을 하는 소년에게 자동으로 고개를 끄덕였다. 가방에서 콜라를 꺼내 마시고 소년에게도 권했다. 소년은 어색한 미소를 지으며 콜라를 마셨다. 미지근했지만 단 걸 마시니 기운이 났다. 소년이 다시 노를 저으려는 걸 못 하게 말리고 그냥 이대로 있고 싶다고 말하며, 소년에게도 쉬라고 했다. 소년은 배 뒤쪽에 걸터앉았다. 우리는 그렇게 말없이 하늘을 바라봤다. 어디서나 볼 수 있는 그런 하늘이지만 호수에 누워서 보는 하늘은 높고도 높아 보였다. 배가 서서히 흘러가는지 아니면 하늘이 움직이는지 알 수는 없었지만 우리는 어딘가로 흘러가고 있었다. 그 움직임은 부드러웠고 이대로 계속될 거 같았다.

잠이 들었던 거 같다. 소년이 깨워서 눈을 떠보니 비가 한두

방울 떨어지기 시작했다. 하늘을 올려다보니 해도, 파란 하늘도 어느새 회색 구름에 덮여있었다. 빗줄기는 소년이 다시 노를 젓기 시작할 때쯤 굵어지더니 이내 세차게 내리기 시작했다. 갑자기 내린 비에 소년과 나는 흠뻑 젖었다. 비가 빠르게 많이 내려서 앞이 안 보일 정도였다. 소년의 서두르는 마음과 다르게 배는 천천히 나아갔다. 소년은 내가 비를 맞지 않게 하려고 분투중이었지만 정작 나는 세찬 비에 상관하지 않았다. 대신 고개를 돌려 눈앞의 산을 다시 보았다. 안개 같은 구름에 갇혀 산맥들은 보이지 않았다.

이렇게 내리는 비를 맞고 있으니 누군가에게 원 없이 얻어터져 엉망이 되었지만, 억울하기는커녕 오히려 홀가분한 느낌이 드는 것과 비슷한 감정이 들었다. 그때 소년이 노 젓는 걸 멈추고 플라스틱 컵으로 배에 찬 물을 퍼내기 시작했다. 소년의 손이 다급해 보였다. 소년은 말하지 않았지만, 자칫 배가 가라앉을 수도 있어서 그러는 거 같았다. 나는 나에게도 컵을 달라고 해서 배에 찬 시작한 물을 다급하게 퍼냈다. 컵은 작았고 배에 찬 물은 줄어들 기미가 보이지 않았다. 이 배가 소년에게는 전부일 수 있겠다는 생각이 들어 최선을 다해 물을 퍼냈다. 빗줄기는 당장 멈출 거 같지 않았다.

무사히 배가 선착장에 닿자 소년은 배에서 내려 밧줄로 배를 고정하고 나를 내려줬다. 그리고 돈을 받지도 않고 어딘가로 뛰어가 버렸다. 돈을 내지 않고 그냥 갈 수 없어서 여전히 내리는 비를 맞으며 소년을 기다렸다. 소년은 아버지로 보이는 사람과 배로 뛰어왔고 손에 든 바가지와 큰 양동이로 배에서 물을 퍼내기 시작했다. 역시 소년과 가족에게 배는 너무 소중한 것이었다. 아마 그 배를 통해 가족들이 살아갈 수 있고 밝은 미래를 꿈꿀 수 있는 것이라고 생각했다. 나는 그것도 모르고 내 기분에 취해 잠시나마 비가 더 많이 내렸으면 좋겠다고 생각했었다는 게 미안했다. 나도 그들을 도와 빗물을 퍼냈다. 얼마 후 끝도 없이 내릴 것 같던 비는 결국 멈췄고 배 안에 고인 물도 거의 사라졌다. 위기에서 벗어났다는 사실에 나와 소년 그리고 소년의 아버지는 그 자리에 주저앉아 배를 보며 거친 숨을 내쉬었다. 그리고 서로에게 미소 지어 보였다.

소년에게 돈을 건네며 수고했다고 말했다. 소년은 얼굴에서 빗물인지 땀인지 모를 물기를 닦으며 고맙다고 말했다. 나는 소년에게 반드시 부자가 되라고 했고 소년은 대답 대신 미소 지으며 엄지를 들어 보였다.

그날 영화 〈쇼생크 탈출〉에서 주인공이 구불구불하고 더러운 하수구를 통해 교도소를 탈출한 후 비를 맞으며 자유를 느꼈던 것처럼, 나도 마구 쏟아지는 비를 맞으며 그동안 느껴보지 못한 홀가분함과 거대한 자유를 느꼈다.

포카라에 내린 소나기로 더러운 모든 것이 쓸려 내려가 세상은 천국같이 깨끗해 보였다.

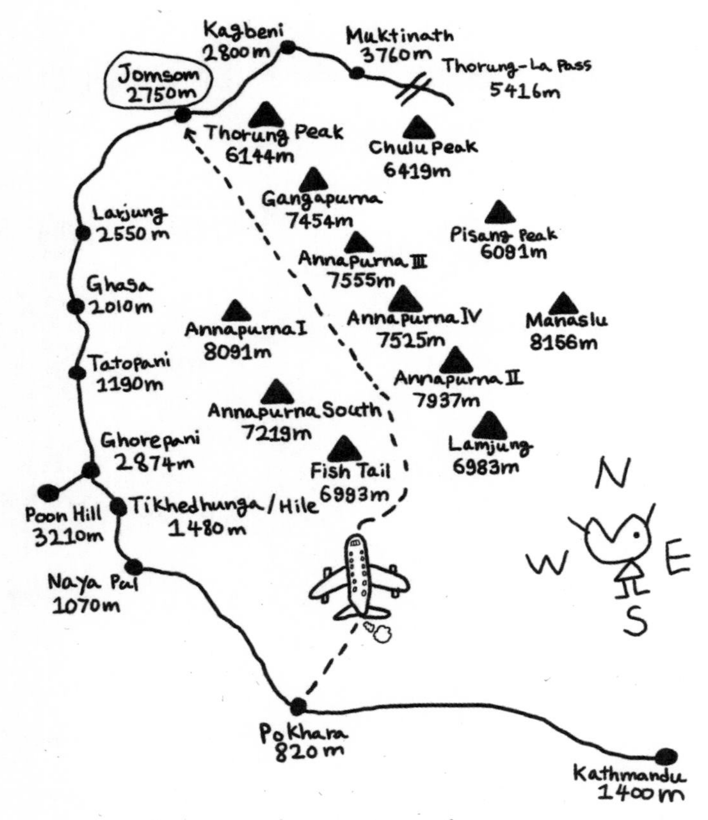

Jomsom, Nepal

29

바람이 시작되는 곳

좀솜, 네팔

비행기가 작아서일까.

날아가는 동안 비행기는 방정맞게 요동쳤다. 큰 파도에 이리저리 휩쓸려 다니는 조각배처럼 말이다. 그곳에 도착했을 때 제일 먼저 나를 맞아준 건 모래바람이었다. 바람에 실린 흙먼지가 눈과 입으로 마구 들어왔다. 목에 맨 스카프로 얼굴을 최대한 가렸다. 불어오는 바람을 정면으로 맞고 있으니, '역시 바람의 도시구나' 하는 생각이 들었다.

좀솜은 도시보단 시골 마을에 가까웠다. 도로를 중심으로 크고 작은 상점과 집들이 나란히 줄지어있었고, 그 길이 시작되는 곳에는 공항이, 끝나는 곳에는 군부대가 있었다. 왜 이렇게 높고 황량한 곳에 이런 마을이 있는지 의아했다. 좀솜을 처음 만난 건 우연히 보게 된 사진에서였다. 안나푸르나의 높은 산맥 중에 외롭게 자리 잡은 좀솜의 풍경이 담긴 사진이었다. 대단히 눈길이 가는 사진은 아니었지만 그 사진 밑에 적힌 문구 한 줄이 날 이곳까지 이끌었다.

"좀솜, 바람이 시작되는 곳. 그리고 마지막으로 돌아오는 곳."

나는 바람이 시작되는 곳이 보고 싶었다. 그리고 바람이 마지막으로 돌아오는 곳은 도대체 어떤 곳인지 궁금했다. 하지만 막상 와보니 바람은 시도 때도 없이 사방에서 불어왔고, 어디서 시작되고 되돌아오는지 알 수 없었다. 이곳에 오기 전 바람은 큰 울림을 가진 동굴이나 골짜기에서 불어올 거라고 상상했다. 하지만 며칠을 머물러보니 마을 어디에도 동굴이나 골짜기라 부를 수 있는 곳이 없었다. 높은 고도에 있는 도시였기에 머리에 닿을 듯 넓고 낮은 하늘만 끝없이 펼쳐져 있었다. 머물고 있는 게스트 하우스 주인에게 '바람'에 대해 물어봤지만 그는 내 질문 자체를 전혀 이해하지 못했다.

주변 주민들에게도 물어봤지만, 역시 이해하지 못했다. 그저 여기는 높은 산이라 바람이 많이 분다고만 했다. 꽤나 실망했지만, 어차피 여기까지 왔으니 그냥 머물다 가야겠다고 생각했다. 늘 특별한 걸 찾을 수 없는 게 여행이고, 모든 일에는 운이 따라야 하는데 '이번에는 아닌가 보다'라고 받아들였다.

하루 종일 도시를 어슬렁어슬렁 돌아다녔다. 크지 않은 마을이었기에 주민들과 자연스럽게 눈인사를 나눌 정도로 익숙해졌다. 그들은 나에게 하루에도 몇 번이고 언제 떠나느냐고 물었다. 그들이 보기에 나 같은 관광객이 좀솜에 오래 머물 이유가 없었기 때문이다. 북쪽으로 6시간 정도 걸으면 유명한 사원이 있는 마

을에 닿을 수 있었지만 특별히 그곳에 가고 싶지 않았다.

나는 매일 이 마을 주변을 걷거나 망아지를 빌려 서울 지하철 2호선처럼 같은 곳만 빙빙 돌았다. 내가 머물던 시기는 겨울이라 관광객이 많지 않았고, 그 때문에 동네는 꽤 한가했다. 이렇게 무료하게 시간을 보내고 있는데 항상 당나귀를 빌렸던 곳 옆의 채소 가게 할아버지가 내게 말했다. "너는 별을 본 적이 있어?" 나는 별이 잘 보이느냐고 물었다. 할아버지는 대답 대신 두 팔을 사방으로 벌리고 손바닥을 앞뒤로 뒤집으며 별이 많다고 했다. 할아버지가 벌린 팔의 크기를 보니 진짜 별이 많을 거 같았다.

그날 밤, 꽤 적막해진 시간에 일어나 하늘을 올려다봤다. 별들이 정말 빼곡하게 보였다. 손을 뻗으면 손끝에 닿을 것 같았다. 한참을 그렇게 별을 바라보다 문득 바람이 불지 않고 있다는 걸 알았다. 항상 불던 바람이 불지 않으니 기분이 허전했다. 그리고 그렇게 사방에서 불어오던 바람은 모두 어디로 갔는지 알 수 없었다.

담배를 피우며 음악을 들었다. 운명처럼 루시드 폴의 노래가 흘러나왔다. 루시드 폴은 '혼자라는 게 때론 지울 수 없는 낙인처럼, 살아가는 게 나를 죄인으로 만드네…'라고 마음에 한 자 한 자 새기듯 꾹꾹 눌러 노래했고, 어쿠스틱 기타 연주는 귀에 털 귀마개를 하고 있는 것처럼 먹먹하게 들렸다. 그걸 듣고 있으니 마음이 담담해지고 슬퍼졌다.

갑자기 집에 가고 싶어졌고, 돌아가신 엄마에게 전화를 걸고 싶었고, 아버지의 바람대로 안정적이게 살지 못하고 이렇게 헤매고 다니는 내가 불쌍해서 울고 싶어졌다. 그리고 누군가가 나를 꼭 안아줬으면 좋겠다고 생각했다. 하지만 아무도 없었고 아무것도 할 수 없었다. 그저 루시드 폴의 노래를 몇 번이고 반복해서 들었다. 추위가 느껴져 방에 들어가 야크 담요를 가지고 나왔다. 야크 담요를 뒤집어쓰고, 하늘에 뜬 별을 바라봤다. 모든 게 아련하고 외로운 시간이었다. 얼마 후 동쪽 산맥이 붉게 물들기 시작하더니 반짝거리던 별들도 점점 제 빛을 잃어갔다. 그때 바람이 한번 내 두 볼을 스쳤다. 그 바람을 맞고 나서야 나는 알았다. 바람이 여기, 이 좀솜에서부터 불어온다는 걸. 나는 자리에서 일어나 새롭게 불기 시작한 바람을 온몸으로 맞았다. 바람은 두 볼이 시릴 정도로 차가웠지만 상쾌했다. 내 안을 채우고 있던 모든 감정이 첫 바람에 실려 모두 세상으로 날아가 버리는 것 같았다. 눈에 보이지 않았지만 내가 머물고 있는 이 도시에서 시작해 온 세상으로 불어가는 게 느껴졌다.

그때 나는 이곳이 왜 바람이 시작되는 곳인지 그리고 왜 바람이 마지막으로 돌아오는 곳인지 이해할 수 있었다. 그때 나는 유일하게 세상의 시작점에 있었고, 세상이 끝나는 곳에 서있었다.

나는 불어오는 첫 바람 속에서 천국같이 빛나던 세상을 바라봤다.

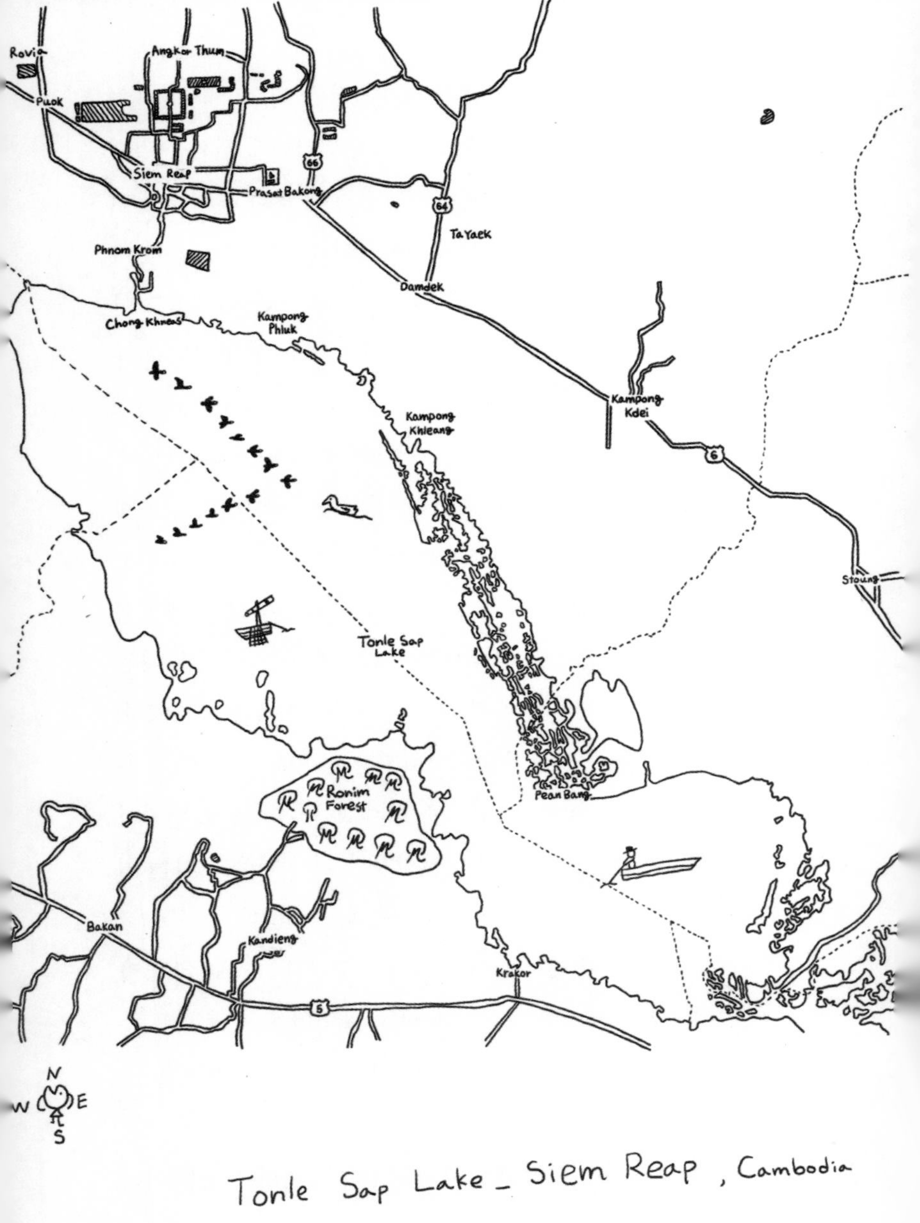

Tonle Sap Lake _ Siem Reap , Cambodia

30

결국 내가 돌아가야 할 곳

시엠레아프, 캄보디아

한낮의 태양은 유적지의 돌들과 마른 땅을 뜨겁게 덥혀 아지랑이를 피어오르게 했다. 정글에서 불어오는 미지근한 바람에는 미세한 모래가 실려있었고, 포장이 안 된 길에는 주인 없는 개들만 당장이라도 녹아버릴 것처럼 늘어져있었다. 그리고 태양에 그을린 아이들은 자꾸 뭔가를 팔기 위해 나를 근성 있게 따라다녔다. 시엠레아프의 이미지는 그랬다.

보수 공사를 시작하기 전에 시간의 흐름에 서서히 쓰러져가는 앙코르와트를 보고 싶었다. 하루 안에 다 볼 수 없다는 말에 여유를 가지고 찬찬히 봤다. 거대한 돌들을 차곡차곡 쌓아 올려

만든 방대한 사원이었다. '그때 어떻게 이게 가능했을까?'라는 의아함이 들었다. 하지만 감동은 거기까지였다. 같은 숙소를 쓰는 독일인 여행자가 나에게 말했다.

"돌아가기 전에 근처에 있는 호수에 꼭 가봐."

"거기 뭐가 있는데?"

"톤레사프 호수."

그는 그 호수에서 바라보는 석양은 다른 곳과 다르다고 했다. 나는 그 말만 믿고 오토바이 택시를 잡아타고 호수로 갔다. 운

전사는 석양 시간에 맞춰야 한다며 영 믿음직스럽지 않아 보이는 고물 오토바이 택시로 포장도 되지 않은 흙길을 미친 듯이 내달렸다.

골까지 흔들려 정신을 차릴 수 없었지만 그 와중에 빠르게 스쳐가는 가난한 마을과 그곳에 사는 주민들이 보였다. 석양 시간에 맞춰 폭주하는 여행자를 많이 봐와서 그런지 그들의 표정은

평온했고, 손을 흔들며 빨리 가라는 여유 있는 손짓을 했다.

호수에 도착하니 오토바이 택시 운전사가 배를 타야 한다고 했다. 이곳의 석양은 호숫가보다 호수 한가운데에서 봐야 한다고 했다. '혹시 어리바리한 관광객에게 사기를 치는 게 아닐까' 하는 의심이 들어 그냥 여기서 보겠다고 하니, 마치 내가 큰 잘못이라도 하고 있다는 표정으로 날 밀어 넣다시피 보트에 태웠다. 보트는 당장 가라앉아도 이상할 것이 없는 나무로 만들어진 허접한 보트였다. 뒤를 돌아보니 오토바이 택시 운전사가 세상 해맑은 표정으로 나에게 손을 흔들며 '여기서 기다릴게'라고 외쳤다. 마치 자신이 불쌍한 한 영혼을 구했다는 듯 웃으며 말이다.

나무 보트는 천천히 물살을 가르며 호수의 가운데로 향했다. 호수의 물은 그다지 깨끗해 보이지 않는 황토색이었다. 주변에는 불빛을 보고 날아드는 나방처럼 많은 배가 호수 중앙으로 모이고 있었다. 어느 지점에 이르자, 모든 뱃사공이 약속이나 한 듯 자로 잰 것처럼 일직선으로 배를 정지시켰다. 이때까지만 해도 별다른 감흥도 없이 멍하니 앉아 뱃머리에 몸을 기대고 담배를 피웠다. 그때 뱃사공이 날 부르더니 손가락으로 반대편을 가리켰다. 거기에는 어두워지기 시작한 호수로 태양이 막 가라앉으려던 참이었다. 벌겋게 달아오른 태양이 단 한 줌의 미련도 없이 신속하게 호수로 사라지고 있었다. 태양이 반쯤 호수에 잠졌을 때 붉은 태양의 색은 파랑으로 변하기 시작했다. 하얀 태양은 본 적이 있었지만 파란 태양은 처음이었다.

어느새 태양은 완벽한 파란색으로 변해가고 있었다. 대신 태양이 사라지는 호수는 붉은색으로 물들었다. 그 광경은 어디서도 본 적 없는 풍경이었다. 파랑 태양은 호수의 저편으로 완전히 사라졌지만 여전히 호수는 붉은색이었고 태양이 사라진 하늘은 짙은 파란색이었다. 피츠제럴드는 낮도, 그렇다고 밤도 아닌 이런 중간의 시간을 '개와 늑대의 시간' 그리고 '블루 아워Blue Hour'라고 썼다. 아마 이런 하늘을 보고 그런 표현을 했을지 모른다는 생각이 들었다.

그때 뱃사공이 팬티만 입고 강으로 뛰어들었다. 그리고 내게도 들어오라 손짓했다. 나는 그의 부름에 홀린 것처럼 붉은 호수로 뛰어들었다. 물은 포근했고 발에 물풀들이 스쳤다. 기분이 오묘했다. 어떤 기분인지 정확히 설명할 수는 없지만 만약 내가 죽는다면 여기로 와야겠다고 다짐했다.

그날 밤 숙소로 돌아오는 흔들리는 오토바이 위에서 나는 깜빡 잠들었고 꿈을 꾸었다. 엘리엇 스미스를 만났고 프레디 머큐리와 제프 버클리 그리고 신지 사토Shinji Sato(밴드 Fishmans의 보컬)를 봤다. 모두 그 호수에 모여있었다. 오토바이 택시 운전사가 숙소에 도착해 깨울 때까지 나는 그들과 함께했다. 그날 밤 새도록 파란색 태양과 붉게 빛나는 톤레사프 호수가 기억에서 지워지지 않았다. 그리고 언젠가 내가 죽게 되면 내 영혼이 톤레사프 호수로 향할 거라는 확신이 문득 들었다.

그 호수에서 나는, 천국이 나에게로 향해 오는 걸 느꼈다.

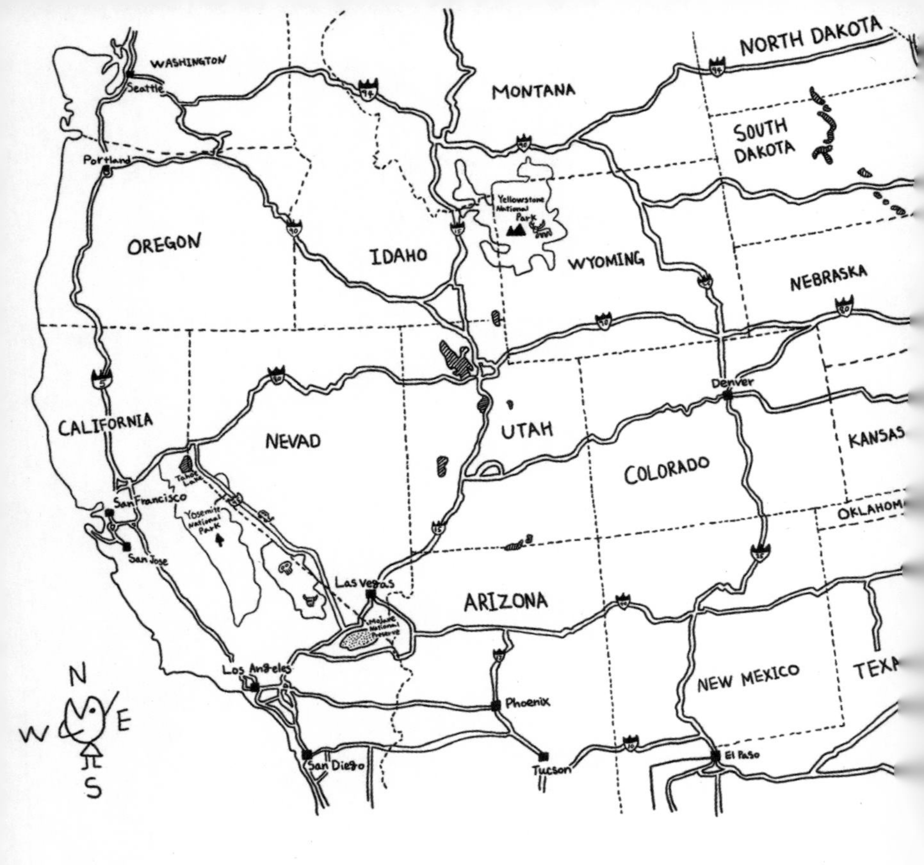

WASHINGTON
Seattle
MONTANA
NORTH DAKOTA
SOUTH DAKOTA
Portland
OREGON
IDAHO
Yellowstone National Park
WYOMING
NEBRASKA
CALIFORNIA
NEVAD
UTAH
Denver
KANSAS
COLORADO
Tahoe Lake
San Francisco
Yosemite National Park
OKLAHOMA
San Jose
Las Vegas
ARIZONA
Mojave National Preserve
NEW MEXICO
TEXA
Los Angeles
Phoenix
San Diego
Tucson
El Paso
N
W
E
S

Nevada, U.S.A

31

다시 돌아간 95번 국도에서

네바다, 미국

"나는 반드시 성공해서 다시 돌아가야 할 곳이 있다."

십여 년 전 미국을 처음 횡단할 때 조금만 무리해도 퍼지는 자동차 때문에 끊임없이 고통을 받았다. 그때 난 굳게 맹세했다. 다시 미국에 온다면 반드시 성공해서 좋은 차를 타고 다시 이 길을 달리겠다고. 특히 첫 여행의 가장 고난이었던 네바다주를 관통하는 95번 국도를 홀가분하게 달려보고 싶었다. 왜냐하면 그 길에서 나약하기만 했던 내 차는 오일을 피처럼 질질 흘리고 고장이 나 삼 일 동안 사막에 홀로 고립되었기 때문이다.

지금 나는 뚜껑이 열리고 어느 길에서라도 매끈하게 달릴 스포츠카를 빌렸다.

다시 돌아온 95번 국도는 특별히 달라진 게 없어 보였다. 여전히 풀 한 포기 없는 메마른 사막과 보는 것만으로도 주눅이 들 것 같은 거대한 암석, 끝도 없는 광활한 언덕이 펼쳐져 있었

고 그 옆으로는 덤불들이 여기저기 바람에 굴러다니고 있었다. 나만 달라진 채로 이 도로로 돌아왔다. 10년 전에 맹세한 것처럼 좋은 차를 타고 메마른 도로를 시원하게 질주했다. 그때 즐기지 못했던 풍경을 바라봤다. 당시 절망스럽게만 보이던 풍경들이 미국 서부영화처럼 운치 있게 보였다.

여전히 외진 95번 국도에는 그때처럼 오가는 차들이 별로 없었다. 오직 나만 앞으로 쭉 뻗은 도로를 달렸다. 지도를 보며 그때 고립되었던 장소를 찾아봤다. 거리를 계산해 보니 그곳에 가려면 대략 한두 시간 정도는 더 달려야 했다. 먼 거리였다. 그런데 멀지 않게 느껴졌다. 그때와 달리 막막하지 않았으며, 부담

도 불안도 없어 마음이 가벼웠다.

운전을 하고 가다 잠시 머물렀던 골든타운에 도착했다. 골든타운은 작은 마을로 60여 년 전 금광이 발견되면서 전국에서 금을 찾아 떠나온 개척자들이 만든 마을이었다. 한창 발전하고 사람들로 북적였지만 1970년대에 광산이 폐쇄되었다. 그래서 현재는 주민 대부분이 떠나버려 거의 버려진 도시가 되었다. 살면서 한 번은 다시 와보고 싶었던 곳이었다. 그때 차가 퍼졌을 때 땡볕 아래 3시간을 내리 걸어 이곳에 왔었다. 하지만 특별한 도움도 받지 못하고 끼니만 겨우 때우고 다시 걸어 차로 가야 했다. 황망함으로 기억된 도시였다.

다시 돌아간 마을 입구에는 당시에는 없던 안내판이 있었다. 안내판에는 이렇게 적혀있었다. "쿠엔틴 타란티노의 영화 〈황혼에서 새벽까지〉의 배경이 되었던 마을 골든타운." 이거 말고는 아무것도 내세울 것이 없는 쇠락한 마을이었다.

차를 세우고 대로를 따라 걸었다. 그때나 지금이나 생기라고는 없어 보이는 건 마찬가지였다. 마을의 유일한 레스토랑에 들러 콜라와 햄버거를 먹었다. 배가 고픈 건 아니었지만 이 또한 내가 해보고 싶었던 것 중 하나였다. 그땐 징글맞게 가난해서 이런 레스토랑에서 햄버거 같은 걸 먹는 건 커다란 사치였다. 그래서 슈퍼마켓에서 빵을 사 먹거나 초코바로 끼니를 대신 해결했었다. 그래서 이곳에 다시 온다면 제대로 된 메뉴를 시켜

먹겠다고 다짐했었다. 레스토랑 안의 몇 명의 사람들이 내가 햄버거를 다 먹고 밖으로 나갈 때까지 나를 뚫어지게 바라봤다. 아시아인을 처음 본 것 같았다. 이곳은 정말 외지고 낙후된 미국 중부 마을이었다.

레스토랑에서 나와 차에 올라탔다. 예전에 하지 못했던 걸 해낸 나 자신이 자랑스러웠다. 혼자 감동을 느끼며 액셀러레이터를 힘껏 밟아 남쪽으로 향했다. 한참을 달리다 직감적으로 그 장소에 가까워지고 있다는 걸 느낄 수 있었다. 누군가의 도움을 애타게 기다렸던, 아무리 시간이 흘러도 절대 잊을 수 없는 장소였다. 그곳에 도착해 주차하고 그 주변을 오랫동안 서성였다. 몸을 녹일 듯 타오르던 사막의 태양을 가려주던 바위 그늘에도 가보고, 언제 경적을 울리며 올지 모르는 견인차를 막연히 기다렸던 도로도 바라봤다.

옛일을 추억하며 한참을 서성이다 울컥함이 몰려왔다. 시간이 흘러 다시 이 길로 돌아온 나는 경제적으로 넉넉해졌고 하고 싶은 일을 하면서 나름 잘 살고 있었다. 하지만 이제 내 나이는 10여 년 전 같은 청년 시절은 아니었다. 생각을 많이 하게 되었고, 이것저것 많이 재기도 한다. 그리고 결정적으로 무모했던 난 철이 들어 시들해졌다. 결국 별로 재미없는 어른이 되어 있었다.

시간은 사람을 변하게 하기 마련이다. 좋은 쪽이든 나쁜 쪽이든 말이다. 다행히도 지금의 내 모습이 대단히 나쁜 게 아니라는 사실에 나는 기분이 좋았고 안도할 수 있었다.

해가 서쪽 황무지 쪽으로 저물고 있었다. 내 청춘의 무덤 같은 그곳을 벗어나 다시 달리기 시작했다. 이번에는 뚜껑을 열고 달렸다. 까끌거리는 모래바람이 얼굴을 스쳤다. 그 바람 때문인지 아니면 감격스러움 때문인지 눈에 눈물이 고였다. 슬프기도 했고, 내가 자랑스럽기도 했다. 내게 쏟아지는 바람을 맞고 달리며, 또 다른 10년이 지난 후 이곳으로 다시 돌아오겠다고 다짐했다. 석양을 보며 지금의 기분을 잊지 않으려고 이 순간을 녹음했다.

"50살이 되었을 때 다시 이곳에 와도
지난 시간을 후회하지 않길 바란다.
어떤 모습으로 변해있을지 모르지만
절대 실망하지 말고 나를 미워하지 말길….

그리고 그땐 꼭 증인을 데리고 올 것이다.

사랑하는 사람과 함께….”

그 길 위에서 과거, 현재를 봤고 그리고 미래를 느꼈다.

그리고 왠지 미래는 마치 천국같이 밝아 보였다.

끝나기 전에

지쳤다.

낯선 레이캬비크에서 나는 이방인 같았고, 그동안 봤던 바다들은 너무 방대해서 부담스러웠다. 바라나시의 좁은 골목에서 매일 길을 잃었고, 중독처럼 자동차로 달렸던 장거리 고속도로는 너무 외로웠다. 그리고 매일 만나고 헤어지는 것이 지긋지긋해졌으며, 다음을 기약하는 것이 다 무슨 소용인가 하는 생각이 들었다. 무언가를 기대하고 찾기 위해 떠나고 돌아오는 일에 대해 그 의미를 모르게 되었다.

여행이라는 이름의 뒤로 너무 많은 날들이 사라져버렸다. 떠났다 돌아오는 일을 20년 동안 끈질기게 반복했다. 앞으로는 아무도 찾는 이 없는 늪 같은 창전동 집에만 머물 거다. 옥상에 올라가 볼품없는 동네를 내려다보고 2년째 달지 못한 선반을 달고, 흉한 거실 천장 몰딩을 다 뜯어내고, 솜씨 없이 칠해진

문짝도 다시 페인트를 칠할 거다. 그리고 싱크대 물 얼룩도 반짝이게 닦을 거다. 또 모리씨와 자주 놀아주고 로라와는 더 많은 시간을 함께 보내며 녀석의 삐뚤어진 성격도 고쳐줄 거다. 그렇게 지내면서 아직도 어딘가를 헤매는 사람들에게 행운을 빌어주고, 앞으로 떠날 계획을 세우는 사람들의 이야기를 들어줄 거다.

한편으로 그렇게 다니면서 내가 보고 느낀 것이 그리 많지 않다는 게 아쉽긴 하지만 이 정도면 진짜 충분하다. 한가롭게 진공청소기를 돌리고 빨래를 널며, 가보지 못한 장소들을 상상해 보고 그때 하지 못했던 일들을 되새기며 살아가는 것도 나쁘지 않은 인생일 것이다. 나는 대부분의 사람들보다 행운처럼 많은 곳에 가봤고 거기서 천국을 발견했다. 그것들은 온전히 나의 것이 되었다. 아무도 그 기억을 빼앗을 수 없고 같이 공유할 수도 없다.

긴 여행에서 돌아와 침대에 누웠다. 익숙한 천장과 내 몸의 일부 같은 폭신함, 살결 같은 이불 그리고 나의 작은 식솔들에게 둘러싸여 창문으로 들어오는 햇살과 밖의 배달 오토바이 소리를 들으니 아무리 좋다는 곳에서도 느끼지 못한 안정감이 느껴진다. 창전동에서는 어디로 갈지, 뭘 할지 그리고 애써 특별한 걸 찾아낼 필요도 없다. 그냥 누워만 있으면 된다.

지금 소금 사막에서, 연착된 기차를 기다리는 기차역에서, 대륙을 종단하는 지프에서, 만년설이 쌓인 산맥에서, 고대 도시에서, 모래바람만 부는 드넓은 평원에서 배낭의 무게를 느끼며 지치지 않고 걸어가는 당신과 입국 심사대의 긴 줄 안에서 설렘과 함께 지쳐있는 모든 여행자에게 행운을 빈다.

나는 지금 거기에 속해있지 않고 천국 같은 내 집에 누워있다.

여기가 내게는 여행지이고, 여기가 나의 천국이다.
당신들도 당신들의 천국을 만나길 바라본다.